My remaining

life

阮雪芳 主编

我的余生

花城出版社
中国·广州

图书在版编目（CIP）数据

我的余生 ／ 阮雪芳主编． -- 广州 ： 花城出版社，
2025. 1. -- ISBN 978-7-5749-0350-0

Ⅰ. I227

中国国家版本馆CIP数据核字第2024RF0909号

出 版 人：	张　懿
责任编辑：	林　菁　鲁静雯　杨柳青
责任校对：	梁秋华
技术编辑：	凌春梅
书籍设计：	韩湛宁＋亚洲铜设计

书　　名	我的余生	
	WO DE YUSHENG	
出版发行	花城出版社	
	（广州市环市东路水荫路11号）	
经　　销	全国新华书店	
印　　刷	深圳市国际彩印有限公司	
	（广东省深圳市宝安区石岩街道水田社区石龙仔路56号A1、A2栋三层）	
开　　本	787毫米×1092毫米　16开	
印　　张	18.25　4插页	
字　　数	175,000字	
版　　次	2025年1月第1版　2025年1月第1次印刷	
定　　价	99.00元	

如发现印装质量问题，请直接与印刷厂联系调换。
购书热线：020-37604658　37602954
花城出版社网站：http://www.fcph.com.cn

01　长翅膀的鱼·透友的诗

02　无影灯·志愿者的诗

03　诗是这样写出来的

PREFACE

序

迈过痛苦的门槛

姚风

生、老、病、死是人生必须经历的四部曲，而疾病无疑是衡量生命最为痛切的刻度。正是因为身患疾病，人可以更加真诚地展露真实、敏感和理智，对生命之痛拥有他人难以体会的感受和更为深刻的认知。

"疾病是生命的阴面，是一种更麻烦的公民身份。"著名批评家苏珊·桑塔格曾在《疾病的隐喻》中以形象生动的比喻，把疾病看作人的另一种"公民身份"，每个人都不可避免地要面对疾病的侵扰，成为"疾病王国"的公民，这种宿命般的身份使得疾病在社会中变成具有多重意义的隐喻，甚至会演绎为一种道德批判和政治态度。

许多人终生被疾病缠绕，饱受折磨，他们会选择诉诸文字记录生命的苦痛，甚至把文学创作当成自己终生的事业，或者说对抗疾病的一种方式。其中有些人最后成为非常优秀的作家，比如卡夫卡、勃朗特、契诃夫、鲁迅、郁达夫、史铁生、普鲁斯特、陀思妥耶夫斯基、伍尔夫等人，可以说很多著名作家都是"病人"。

《我的余生》这本诗集的绝大部分作者也都是病人，他们不幸地患有肾病，天天忍受着病痛的折磨，有的依靠透析机顽强地活着，有的已经离开了人世。阅读他们的作品，给人最强烈的感受是，尽管已是"疾病王国"的公民，但他们并没有在无尽的痛苦与迷茫之中长吁短叹，埋怨命运的不公，而是以坚强的意志和乐观的精神用诗性的文字去蔑视疾病，守护生命。他们在热心的志愿者老师的引领下，组成胡杨林艺术团（诗歌创作学习群），抱团取暖，在爱的氛围中感受到诗歌的魅力，一起创作诗歌，朗诵诗歌，成绩斐然，多次获得奖项。他们幸运地遇到了诗歌，或者说诗歌遇到了他们。诗歌仿佛燃烧的火焰，照亮了他们在黑暗中艰难的跋涉，给予他们继续生活下去的勇气和力量。

江水平在题为《高铁和绿皮火车》的诗中，把"病痛与诗"当作"不可取代的风景"，旅行就是旅行者自己。她和这本诗集所有其他作者一样，都看到、感受到而且记录下不一样的风景。因为遇到诗歌和胡杨林艺术团，郭秀春封闭的心扉被打开，她在《光明之窗》中写下这样的诗句："直到胡杨林来敲我的心门 / 爱的感觉顷刻间弥漫死寂的心 / 我不再独自偷偷哭泣 / 不再是黑夜的女儿 / 只因光明之窗出现在我的生命里。"

诗集的第一首诗题为《火》，由黄育旺、邓芷仪和林晓辉共同创作，也是写给胡杨林艺术团的：

"你看，那火势愈燃愈旺 / 你听，众多火烛的语言 / 穿过暗沉沉的雾霾 / 火热的生命 / 在我们之间噼噼啪啪地奔跑。"火象征着希望、激情和活力，火是勇士的行程，也是灵魂光荣的轮回。这首诗道出了胡杨林艺术团所有写作者的心声：他们不甘沉沦于冷寂的灰烬之中，而是要重燃生命之火，在水中热爱火焰，用火烛的文字去书写生命如何"噼噼啪啪地奔跑"，多么响亮的拟声词，奔跑因而充满了激情和活力，希望也成为奔跑的终点。

正是在火焰的笼罩下，写作者们面对病痛表现出顽强的生命意志，没有捻灭点亮未来的希望之火。林晓辉在《我想》中写道："我想我要一直等待 / 等待一个新的事物／痛苦背后的黎明。"而黄育旺则以幽默风趣的笔法看待自己与病痛的关系，把两者看作一场生死恋，苦中有笑："我不喜欢它／却不得不和它生活在一起／我赶不走它，它也离不开我／就像生死恋一样。"尽管生与死的相恋咄咄逼人，生命的美好依旧不可辜负。杨金在《热爱生命》中表现出悠然的从容与平静，不再是病患者怨艾的心态："我最爱的是现在／天上飘些白云／风吹动了我的头发／光照在了我的脸上。"微风吹拂，阳光温暖，生命的每一刻都值得享有，只因爱人就在身旁。张丽敏也写到了爱，因为爱，"胳膊上的伤痕／就当作婚礼的烟花"，生动的意象折射出对生命不懈的坚持，累累伤痕被演绎成喜庆的烟花，从深渊中升上夜空。对黄春玉来说，战胜病魔的理由十分普通，只是想做出香辣软糯、唇齿留香的黄豆酱，其实这个理由看似普通，却十分充分，因为对生命的热爱常常源自最平凡的事物。王方园应该是一个爱美之人，她宁愿在雨中浑身被淋透，也不愿自己心爱的高跟鞋被雨水泡湿，可以想象她拎着高跟鞋踏水而过的情景是多么动人。凑巧的是，邓芷仪也写到了同样的题材，爱美之心可谓人人有之。

很多写作者都写到了生活中平凡而美好的事物、人物和瞬间，他们珍惜并留恋这些事物、人物和瞬间，这构成了他们继续生活下去的强大动力，同时也急切地为他们提供了描绘来生的理由。在对来生的想象中，有人渴望不再有病痛；有人想过自由自在的诗意生活；有人想化身为蝶，忘记婚姻的痛苦；有人想回报父母的养育之恩，如刘小华所写："如果有来生／我只想化作清泉／在父母经过的路口／让他们捧上一口／当以清泉报浊泪。"

不幸的病患者更能切身体会到人间的冷暖，许多作者用饱含深情的文字写到了亲情，正是温暖的亲情抚慰他们的伤痕，缓解他们的病痛，让他们在与疾病的博弈中增添了信心和勇气。林晓辉的组诗《致爱人》以富有感染力的抒情文字吟诵对爱人的深情，真挚深沉，叫人相信爱情在磨难中更显出高贵的品格。彭永忠以《牵手》为题，写道："我痛的是皮肉／而爱人痛的是心。"短短两行文字却写出一颗心中还有一颗心，坎坷人生中的心心相印更显得难得和珍贵。病痛总是叫人格外怀念远去的亲人，邓芷仪忍受着失去亲人和病痛的双重痛苦，在《月亮》《真实的谎言》《羊毛袜》《木棉花》等诗作中，通过一系列蕴含回忆的意象和儿子的视角，抒写了失去亲人的悲痛，然而她没有被多难的命运所击倒，她必须好好活着，去履行未尽的责任和义务，因此她会以乐观的精神笑对苦难，尽可能地享受生命的美好，啜一口香茗或者睡一个懒觉都能给她带来乐趣和快乐。

张霞在《完整》中写道："允许身体的不完整／这一场心灵的淬炼／让不完整的自己／越来越接近／完整。"从身体的病痛到心灵的淬炼，这一过程是对身体的苦痛的超越，是精神的升华，因此生命的尊严得以维护，余生也充满了想象和希望，而诗歌无疑是这一淬炼过程的助推器。衷心祝愿所有写作者早日康复，并继续创作诗歌，写出更多更好的诗作。

2024 年 9 月

CONTENTS

目录

01

长翅膀的鱼·透友的诗

火——致我们的团 / 黄育旺　邓芷仪　林晓辉	006
我想（组诗） / 林晓辉	009
之一　生命的漂流瓶	
之二　睡觉的肾脏	
致爱人（组诗） / 林晓辉	011
之一　牵手	
之二　你是我的眼	
长翅膀的鱼 / 林晓辉	015
针 / 林晓辉	016
格子 / 林晓辉	017
路遇 / 林晓辉	018

编织生命的透析机 / 林晓辉	019
摘星星 / 林晓辉	020
光——献给邓芷仪 / 林晓辉	021
透之诗 / 林晓辉	022
下山 / 林晓辉	023
月亮 / 邓芷仪	025
幸福 / 邓芷仪	026
午休时间 / 邓芷仪	027
桑葚酒 / 邓芷仪	028
你和我之间 / 邓芷仪	031
印迹 / 邓芷仪	033
小笋炒腊肉 / 邓芷仪	034
新鞋子 / 邓芷仪	036
角色 / 邓芷仪	038
蛋糕与透析机 / 邓芷仪	039
海的心脏 / 邓芷仪	041
真实的谎言 / 邓芷仪	042
羊毛袜 / 邓芷仪	043
算命 / 邓芷仪	044
时光 / 邓芷仪	046
年 / 邓芷仪	048
木棉花 / 邓芷仪	049
狗尾巴草 / 邓芷仪	050
不转的时针 / 邓芷仪	052
春风吹了又吹 / 邓芷仪	054
棒棒糖 / 邓芷仪	055
你还好吗 / 邓芷仪	056
远嫁 / 邓芷仪	057
星星——致坚强的我们 / 邓芷仪	058
母亲 / 邓芷仪	060
如果有来生 / 邓芷仪	063

红色小松鼠 / 景雅林	065
91251 个汉字 / 党邦文	067
上机与下机的情怀 / 杜才全	069
挤暖 / 朱显仲	071
光明之窗 / 郭秀春	073
开花 / 郭秀春	074
渴望 / 黄春玉	077
黄豆酱 / 黄春玉	078
栀子花 / 黄春玉	079
风来了 / 黄育旺	081
在风雨中 / 黄育旺	082
症之恋 / 黄育旺	083
透析笔记 / 黄育旺	084
写诗的幸福 / 黄育旺	085
放下 / 黄育旺	086
完整 / 黄光争	089
早晨 / 黄光争	090
雨 / 黄光争	091
错过 / 黄光争	092
香囊 / 黄光争	093
与你同行 / 黄光争	094
洗衣服 / 黎平华	097
透友会 / 黎平华	099
我愿成为一棵植物 / 高光美	101
老屋 / 高光美	102
二八大杠 / 廖辉	105
两棵树 / 廖燕浩	107
乡间偶遇 / 刘小华	109
早春 / 刘小华	110
如果有来生 / 刘小华	111
高铁和绿皮火车 / 江水平	113

羊毛袜 / 江水平　　　　　　　　　　　*114*

如果有来生 / 江水平　　　　　　　　　*115*

牵手 / 彭永忠　　　　　　　　　　　　*117*

初恋 / 秦毅　　　　　　　　　　　　　*119*

如果有来生 / 石丹彤　　　　　　　　　*121*

活着 / 石丹彤　　　　　　　　　　　　*122*

我的车站 / 石丹彤　　　　　　　　　　*123*

比萨 / 石丹彤　　　　　　　　　　　　*125*

五年 / 石丹彤　　　　　　　　　　　　*126*

过冬了 / 石丹彤　　　　　　　　　　　*128*

踩水 / 王方圆　　　　　　　　　　　　*131*

你好，我是姨妈 / 王方圆　　　　　　　*132*

热爱生命 / 杨全　　　　　　　　　　　*135*

夜 / 张丽敏　　　　　　　　　　　　　*137*

回忆 / 张丽敏　　　　　　　　　　　　*138*

致爱人 / 张丽敏　　　　　　　　　　　*139*

如果有来生 / 张丽敏　　　　　　　　　*140*

大雨如注 / 张丽敏　　　　　　　　　　*141*

完整 / 张霞　　　　　　　　　　　　　*143*

我的余生 / 谢露萍　　　　　　　　　　*145*

控水 / 冯光亮　　　　　　　　　　　　*147*

太阳花 / 郑小丽　　　　　　　　　　　*149*

雨 / 王连彩　　　　　　　　　　　　　*151*

十六年"洗"旅 / 王义娟　　　　　　　*155*

02

无影灯·志愿者的诗

零零后小胖 / 杨龙刚	163
专车 / 杨龙刚	166
心愿 / 杨龙刚	167
志愿者吴老师 / 杨龙刚	169
听，就完了 / 杨龙刚	171
连襟 / 杨龙刚	172
某年某月某日 / 杨龙刚	174
我的思念长出果子 / 杨龙刚	176
他是谁 / 杨龙刚	178
无影灯 / 杨龙刚	180
水 / 陈烨	183
宁静 / 陈烨	184
他说 / 黄钰媛	187
护士日记 / 黄钰媛	188
馕 / 黄钰媛	190
清明 / 傅书衔	193
下班 / 勾婵	195
忘记晾晒的衣裳 / 马睿诗	197
风 / 马睿诗	198
月光与灯笼 / 马睿诗	199
黑夜 / 马睿诗	200
雪晴 / 马睿诗	201
我只想 / 彭华玲	203

03

诗是这样写出来的

金不换——来自诗歌群的一段对话
/ 古艳霞　黄春玉　林晓辉　邓芷仪　　　　208

诗是这样写出来的
——透友诗歌微信创作群"如果有来生"话题群聊实录　210

志愿者手记 / 马睿诗　　　　226

摄影家手记 / 吴忠平　　　　234

01

长翅膀的鱼·透友的诗

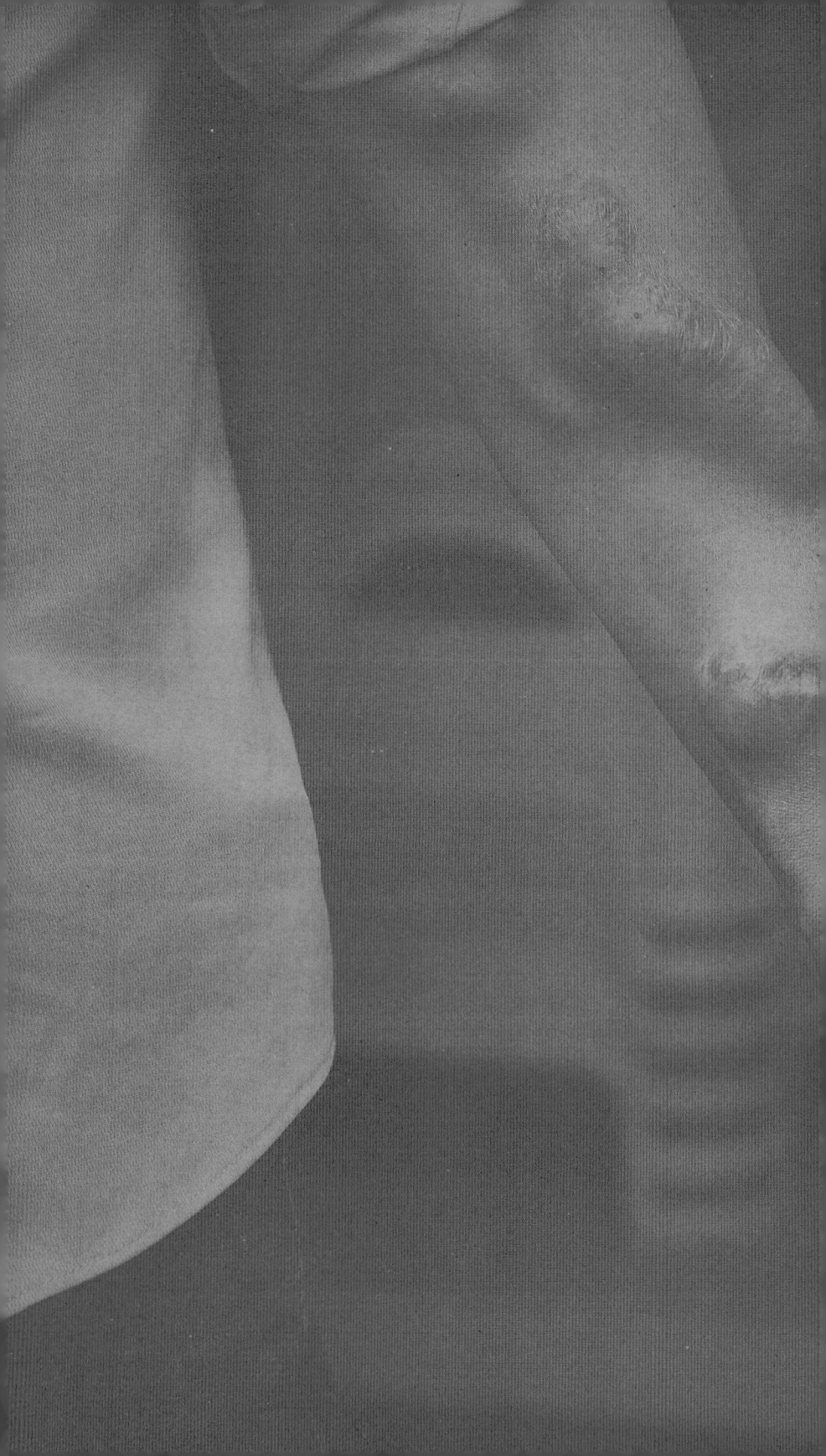

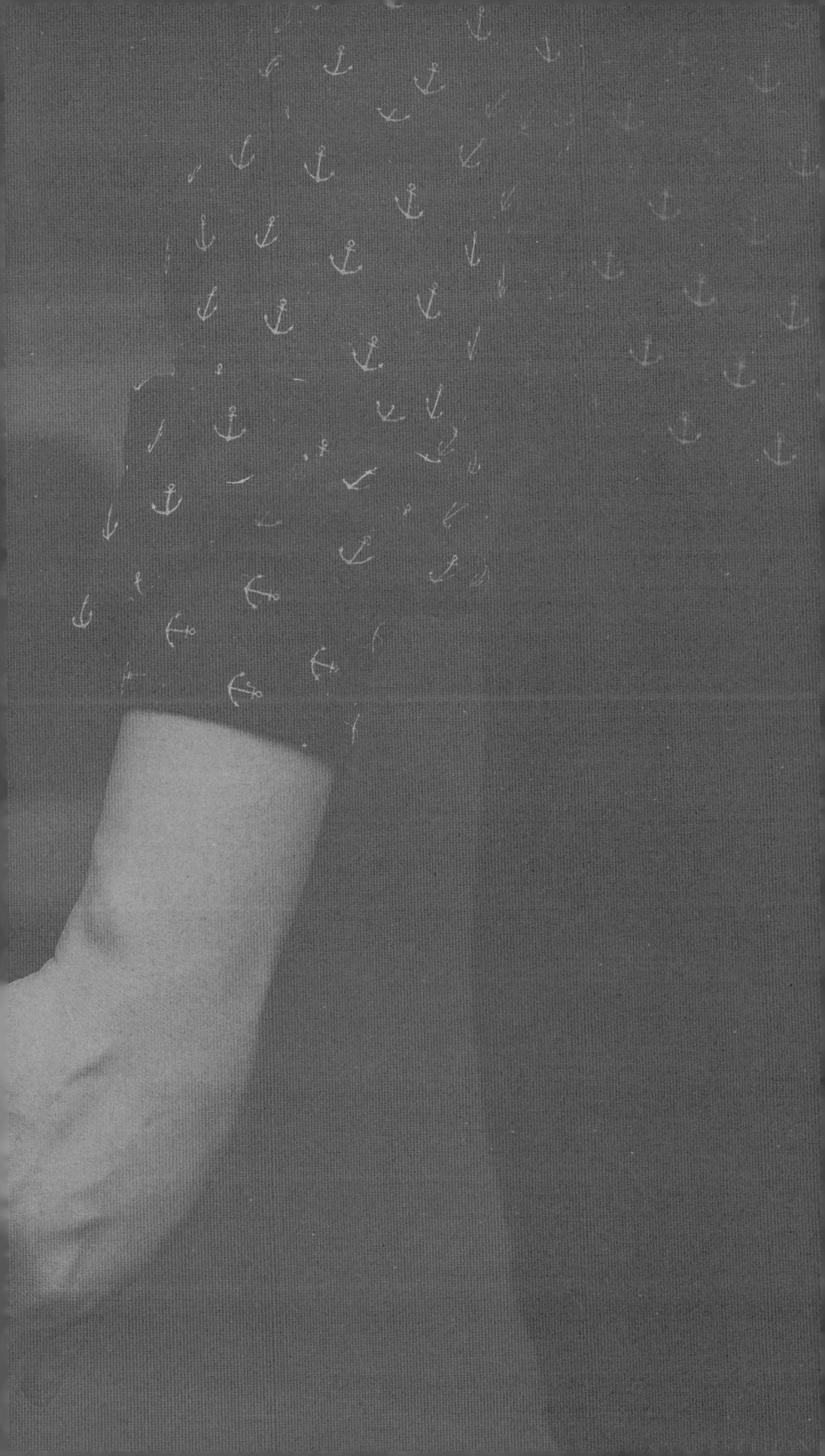

火
——致我们的团

黄育旺 / 邓芷仪 / 林晓辉

火
最有活力的元素
它舞动着
跳跃着
创造出奇迹

在黑夜里
火石传递光的指令
火焰说着树的语言
火把照亮脚下的暗途
火山发出喷薄的力量

在迷惘中
火种说着热血的语言
火苗说着团聚的语言
火凤说着涅槃的语言
火蛾说着向死而生的语言

我倾听——
火鸟在河岸鸣叫
我沉思——
火镜中我的模样
我寻找——
火花在梦中隐现
我回应——
火红岁月的召唤

你看,那火势愈燃愈旺
你听,众多火烛的语言
穿过暗沉沉的雾霾
火热的生命
在我们之间噼噼啪啪地奔跑

林晓辉的诗

林晓辉,男,1974 年出生,广东省揭阳市人,高中学历。经营过服装店,后在家具厂上班,现病退。肾病时间 20 年,透析时长 13 年。胡杨林艺术团队长。2016 年开始参加深圳市志愿者服务,目前服务时长 734 小时。曾获 2024 年"出彩中国艺术周"网络评选银奖。

长翅膀的鱼·透友的诗

我想（组诗）

之一　生命的漂流瓶

我想去大海里
装回一瓶深蓝的水
灌到身体里
用咸咸的海水净化血液
然后把我放到阳光下暴晒
蒸发后剩下的灵魂
装进生命的漂流瓶里
丢到大海上
我要带着这辈子的愿望去闯荡
让海浪驮着我去云游世界
我一生憧憬外面精彩的风景
不管海有多大水有多深
没有什么能阻挡我迈向理想的脚步
在历史的镜像里
一条披着阳光被温暖滋养的鱼
身上的鳞片亮着金色的光芒
寒冷的事物渐渐散去
透明的歌声打开一道门
快乐将不是渴念

幸福的生命漂流瓶
游向远方

之二 睡觉的肾脏

我想用笔画一个坚固
一个强壮又充满活力的肾脏
我想用天边的云朵
剪一个闪着霞光吉祥的肾脏
你是我体内的精灵
听不到我的呐喊
看不到我的痛苦
你始终沉默睡着
真的那么困吗
睡梦中
难道你穿越去遥远的世界
你是否记得回家的路
青藤爬满的手臂上
打针后的疼痛
神经战栗中讲述我对你的依恋
失去你的日子
我的心像一座蜗牛壳，空空
透析的时光
流淌的热血干涸一次又一次
如同我对你的思念一次又一次
我闭着眼睛进入梦中
寻找你
我不知道未来的人生
还有什么没有醒来
肾脏，或是另一种快乐
我想我要一直等待
等待一个新的事物
痛苦背后的黎明

致爱人（组诗）

之一　牵手

夜晚的风吹着我们
也吹乱你的长发
几缕发丝调皮地拍打我的肩膀
你清瘦的脸庞满是幸福的笑容
我知道这一刻你是开心的
你一辈子的愿望就是
让我能天天晚上带你去外面走一走
就看看，不买东西的那种
结婚二十几年从来没送过你花
唯一送你的一朵花，还是今年情人节买酸奶送的
你太过平庸了
从来没买过化妆品打扮过
只知道在家默默绣着花
好久没这样仔细看你了
我心疼又自责
漫长的岁月让生活变得单调
或是我觉得随手能得的太过普通
拾不起一丝兴致
家是那么静默平凡
而我向往热浪的生活
家成了你一个人的寂寞
你默默地沉默着
你说我不懂你
我在你眼里还是个小孩
你说等着我长大
从我生命亮起红灯那一刻

你就承担起养家的责任
没日没夜操劳你累垮了
医生开的那个诊断证明上的盖章
分明就是你用一滴滴血染红的
啥都帮不了你
多么可悲
我只能含着泪陪你走
我舍不得，真的舍不得
你那么胆小
却要独自走向黑暗
你该怎样无助彷徨
多么想紧紧地牵你的手
陪着我走
多么想让时间慢一些
让我好好看看你
我指定会了解你的

你相信光吗
我一直相信光的存在
也祈求光能照耀你
我要写一束光
射向黑暗的深渊
赶走所有的不公
给你力量
给我一个赎罪的机会
给我一个不孤独的明天
慢慢地陪着你走
从街头转到另一处街尾
你挽着我的臂弯
亲昵依靠着我
我尽量挺胸
笔直的身躯携着你坚定迈向前方

之二　你是我的眼

每次头疼
你都搂着我默默承受我的痛苦
泪水模糊了我的双眼
你说你是我的眼
帮我看遍生命的悲与哀
我讨厌手上打针的疤痕
你买来好看的袖套
装下我身体的创伤

没日没夜地辛劳
你病倒了
看你头疼揪着头发难受的样子
我不知道怎么才能帮你分担
我能成为你的眼吗
帮你辨认黑暗中的道路
我颤抖的手
抚摸你手上的老痂
我愿老天缩短你的伤
减轻你的苦
把你的疼痛埋进我怀里
坚韧的诗缝补屋顶破裂的地方
把诗磨成剪刀
剪断奈何桥

长翅膀的鱼

黑夜固执地留住我
冥想在沙滩上扩展
遥听海浪的声音
一束光躲藏其中
病痛的大海什么时候斟满
我什么时候能触摸晨曦
我用蓝色床单画一个泳圈
剪下一条有翅膀的鱼
我用殷红热血灌满透析机
在起死回生中奋力挣扎
游出透析机
游出我的内心
游向整个星系

我卸下翅膀
静静地坐在礁石上
等待黎明
我在想象中生长出
一片大笑的胡杨林
潮水退去
海不再是困境

针

针,一次次深扎
血,一次次回流
痂,一次次挑开
希望,破了再缝合
透析机,是不说话的肾脏
热血在管路里呐喊着奔涌
病床外,是去不了的远方
蓝色床单如同天穹覆盖我
手臂如树,生长出茂密枝丫
每一颗种子都渴望落入泥土

针尖熟悉我的创口
我知道我的灵魂

格子

格子店里
一格每月的租金几百
格子里是承租的老板精心摆放的商品
格子店里寄售的货物万千品种
新奇的售卖模式吸引喜欢潮流的顾客
热闹火爆

骨灰楼格子里
一格每年的租金是八十
每一个格子里摆放着的是一个先人的骨灰瓶
不管先前曾经是富贵还是贫穷
都紧紧关在这个小小的格子里
成了孤独的灵魂

路遇

电动车横放在人行道
看上去很不舒服
有一瞬间,很想把车推倒
还是忍住
从旁边绕过去
走过了,又感到后悔
为什么不顺手把车推到路边
放好
后来者也一样要绕道
如果是盲人怎么办
我家的老人路过呢
我想着
原本老老实实走路
却因冷漠对待一件事
心生后悔
为了摆脱这个念头
我往回走

编织生命的透析机

你住进我眼睛里
厚重的身躯
帮我洗涤沙尘
你燃尽我身上的荆棘
传导出我脉弦里的疾苦
热血游牧在你身上
时间的手
一圈一圈转走我的韶华
你一遍遍编织生命
而生命是一门艺术
迈过痛苦的门槛
我确信
眼睛里是光

摘星星

时光的笔
画了一双流泪的眼睛
透析中
我问机器
痛什么时候结束
我没有羽翼
只在心中
装一座森林
山般葱茏
爬上最高的树摘星星

光
——献给邓芷仪

病魔是可怕的暗夜
夜以继日的担心
羽化了爱情的美好
当所有事物如尘埃
爱情被埋葬了
生活的疲惫
留给一身伤痕
昔日的磨难延伸
爱也延伸
路还是要走下去
走到化蝶的黎明

透之诗

一条激情热烈的动脉
一条沉默稳重的静脉
搭起我生命的桥梁
余生很短
我要写满一页又一页
止血贴
贴挡住手臂上打针的创口
扎进身体的针头
却顶着钻心的刺痛
微调一下针头
酸麻的手臂
藏着我的无奈
也坚定我的意志
时间一刻刻地过
生命像摆渡
思维在风浪中漂浮
诗句填满高速流动的血液
浮起坠落的心
我要它飞越高山
沐浴北方的雪
生活的绝望
已经办结
在笨重的透析机器里
这个救赎我的天使心中
种下一粒种子
它默默地发芽

下山

前方看到灯光
像大海中看到灯塔

终于走出大山
笔直的公路
零散的村落
感受到烟火
空气特别清新
找回现实的生活
可惜没带袋子
一路茉莉花香肯定能装一大袋

邓芷仪的诗

邓芷仪,女,1978年出生,湖南省邵阳市人,中专学历。曾当过流水线工人、助理美容师,现为印刷厂文员。肾病时间8年,透析时间8年。2013年开始参加深圳市志愿者服务,目前服务时长404小时。

长翅膀的鱼:透友的诗

月亮

不是小时候的月亮
那么亮
是现在的路灯太亮了
那时候
家里用的是煤油灯
从屋里出来
看见月亮很亮
夜里
跟邻居的孩子
在外面跳绳
玩游戏
现在
从屋里走出来
灯太亮了
月亮就不那么亮

现在
儿子长大了
月亮也都变了
还是喜欢
儿子小的时候
虽然穷点
至少
孩子还有
爸爸

幸福

雨天
假日
一个人
听歌
打开窗户
让雨进来
看着墙上
转动的时钟
病痛
真的是
很小的事
赖床
才是最幸福的

午休时间

刚吃过午饭
突然下起了雨
我泡了一杯茶
尝了一口
茶说
它好苦
是的
茶里
有我的苦和痛
我要用茶杯
把痛苦
过滤掉
下一杯
就是香醇了

桑葚酒

母亲说
屋前的桑葚树
可以摘桑葚了
今年比去年
少了一些
桑葚树开花的时候
总是下雨
花被吹落一地

母亲跟往年一样
到了桑葚成熟的时候
就把它们摘了下来
洗干净，晾晒水分
准备一个无油的瓶子
把桑葚倒入瓶中
加入白酒
和少许冰糖
让桑葚、酒
还有冰糖
在瓶中
沉睡
持续
发酵
芳香拨乱了
我的头发

这是个寻常的傍晚
一杯桑葚酒下肚
落款的红
印上额前
母亲泡的红酒
有冰糖
和幸福的味道

初晴的夜晚
街灯有一种别致的温柔
当美丽的白衣天使
将粗大又尖锐的
透析针
猛扎进我的内瘘
血管里时
我的透析机
也像喝了红酒一样
全身红通通的
透析机
你喝红酒了吗

你的红酒里面
装满了我们的
病痛和折磨

到了深夜
红酒会带走
我们身上的
疾病和疼痛
随着酒精的散发
它们被空气吸收了
带走

你和我之间

风听了雨的话
他们相爱了
简简单单也是一种幸福
一起吃路边摊也很快乐
香椿煎鸡蛋也是一种富足
有一天
刮起了一场暴风雨
我俩走散了
等我找到他的时候
他的坟头已
长满了野草
你在那边
还好吗
你那里有病痛吗
有医院吗
有血透室吗
有透友吗
走在街上流霓中
汽车的尾灯画出
一道道鲜红的血痕
使这座城市
变得红通通的

长翅膀的鱼·透友的诗

它像极了我透析时
两根粗大的透析针
针尖穿过我手臂
瞬间血管变得
红通通的
我红色的身体
只有在深夜
才渐渐……
消退

印迹

深夜我守着半支红蜡烛
听风雨拍打着窗户
凤凰花一朵
接一朵盛开,一朵接一朵掉落

拥挤的公交站台
他们伸头张望
都在赶这一趟班车

这个世界
你来过吗
我来过
你拿什么来证明
在我左手
透析时留下
点点针孔……

小笋炒腊肉

想起我的童年
光着脚丫
在雨后的深山里
树枝窜乱了我的头发

树林里冒出
一节节
小笋
刚出土
被我们强行
拔了出来

餐桌上
多了一道菜
叫小笋炒腊肉

在命运的餐桌上
将出现什么样的作料

我被窜乱的头发
剪了又长
长了又剪
当我又光着脚丫
走进深山
在血透室里
静静地站立……

新鞋子

攒了一些零花钱
去店里看了又看
终于把它买回了家
鞋子很漂亮
尖尖的头
后跟高 5cm
颜色也很喜欢

出门的时候
天气还是好好的
等我从血透室
出来
突然下起了大雨
雨一直下
没有要停的样子
我的鞋子是刚买的
我不想它被雨水打湿
站在医院门口
看着雨一直下

我正为大雨发愁
药房的小姐姐
给我两个胶袋
我把两只脚
用胶袋包住
回到家的时候
我的鞋子
一点都没打湿

如果当年爱护肾脏
像爱护鞋子一样
也许我就不用透析了

角色

孩子
妻子
母亲
短短的
几个字
这一生
却很长
很长
我要好好
活着

蛋糕与透析机

午后的阳光
从门缝里挤了进来
一阵欢呼声
把我引入大厅
两张四方桌
拼在一起
桌上摆着一个生日蛋糕
蛋糕有两层
圆圆的
20cm 高
它身边有一群
不同名字的水果
围绕着它
草莓
哈密瓜
蓝莓
香蕉
还有被剪掉
尾巴的田螺
还有闪闪发光的
蜡烛
蜡烛的光
红红的
生日的寿星
都舍不得吹灭
让它一直照亮

长翅膀的鱼 · 透友的诗

又到了我透析的时间
我拖着沉重的脚步
走进血透室
只见一排整齐的
透析机向我微笑
它们 1.2m 高
脚下有四个轮子
如果有重症患者
出行不便的话
透析机可以走路
去患者家
四个小时过去
我顺利透析完
伸手摸了摸
透析机
它全身滚烫
为了我们患者
延续生命
它一直沸腾自己

海的心脏

夕阳落在山腰
一朵朵云沉沦
一块红色的石头
拾起它的亮光
在前方等你
我们出生年月不同
职业不同
患病时间也不同
透析开瘘日期
都不同
但是
我们唱着同一首歌
吃着同一盆田螺
在同一个艺术团
同一个血透室透析
我们
可以抵达
太阳初升的地方
露珠顺着河流
落入海的心脏

真实的谎言

从山上下来
经过一个偏僻的地方
一个寂静的村庄
村庄里有一个老人
她儿子得了重病
老人不停哭泣
村里人为她儿子
办了一场简单的葬礼

多年以后
一个下午
我去接儿子回家的路上
儿子问我
当年他抱着
一个四方盒子里
装的是什么
我愣了一下
我告诉他
里面装了孔明灯
他已经飞走了
没有回头
飞到了很远的地方

孩儿
我这样回答
也许
你会少一点悲伤

羊毛袜

记得那年的冬天
特别冷
我穿着奶奶给我买的
羊毛袜
我的脚趾暖和
在很多个冬天

多年后
那双羊毛袜
我一直保存着

但奶奶已经走了
去了很远的地方
不知道奶奶
在那边有没有穿羊毛袜

算命

算命先生
是这样说的
啊
美女,一看你的面相
就是一个大富大贵之人
想知道你的财运
和婚姻吗
二十元测算一个人的命运
然后算命先生
摸着我的手掌
皱着眉头
说
啊,姑娘你这是
犯了太岁哈
如果不化解
定有劫难
我说先生
怎样才能
破解呢
他说你给
二百块
给你一个护身符
然后带在身上三十天
不准打开

后来我
好奇地把护身符
打开一看
里面包了一枚
一元硬币

时光

想起小时候
看过黑白电视
看过连环画
骑过二八大杠
拿着玉米秆当甘蔗吃
放学的路上偷过瓜
小溪里摸过鱼虾
钻进油菜地里嬉闹
小卖部的东西
好想买来吃
就是口袋没钱
这一切仿佛就在昨天
却成了遥远的回忆
小时候画在手腕上的表
秒针从没走过
却带走了美好的童年
小时候哭着哭着
就笑了

长大以后

南下打工
口袋里有了一些钱
超市里的东西
都能买
但是生病了
才知道有钱
也买不起健康
长大以后
笑着笑着
就哭了

年

鞭炮声渐渐变小
年远去
日子归于平静
母亲无法挽留外出的儿子
家乡无法挽留外出的游子
为了利市
还要顾上开工的日子

木棉花

一阵风吹来
木棉花一朵一朵掉落
花瓣铺了一地
不知道它们
什么时候被吹落
我拿出手机拍了下来
正想发照片给他

哦——
他已经不在了
有时候我以为他还在
想起他我会心痛
眼泪打湿眼眶
他身上有臭袜子的味道
他身上有父亲的担当
记得那年
木棉花特别红，特别美
记得那年
那个拥抱
便成了最后的拥抱

狗尾巴草

我家在农村
夏天来了
玉米地里长满了
狗尾巴草
母亲带着我和妹妹
去地里锄草
我和妹妹在一旁
嬉闹玩耍
还把狗尾巴草
织成圈圈
戴在手指上
它跟戒指一样
漂亮

下了好几天雨
今天哪儿都去不了
我在家打扫卫生
无意中
翻到了
儿子的作文本
本子的第一页

正面写着
《我的爸爸》
反面写着
《我的妈妈》

虽然
我俩隔着一张纸
背靠着背
可是
不知道什么时候
他已悄悄地
走了
留下手指上的
一枚戒指
它是一个牢固的
圈圈
不是狗尾巴草做的
它套住的是
我对婆婆和儿子的爱

不转的时针

深夜
突然停电了
我望着窗外
天上的星星
一闪一闪的
我想起了童年
晚饭过后
左邻右舍
大家坐在一起
唠嗑
小孩在一旁做游戏
玩捉迷藏
还在彼此的
手腕上画一个手表
时针虽然不转
但是
转走了我
快乐的童年

一个寒冷的冬天
我在另一个城市
右手的手腕套上了
一个病号手表
这又是一个
时针不会转动的手表
我住院了
在冰冷的手术室里

安静得
能听见两根又长又粗
钢针的声音
钢针在电脑的配合下
直接扎进我的肾里
医生说是
肾穿刺
手术室空荡荡的
没有一点安全感
我孤零零
一个人好想哭

出院那天
护士帮我
剪掉手腕上的病号手表
那一直不会
转动的时针
它转不动时间

让它做一次
能走的时针
把我们转到
最有光的前方

春风吹了又吹

春天刚出发
小城又落雪了
一个女孩
捧着一束玫瑰花蕾

月亮躲在云里
伸出窥探已久的手臂
把我托举
又推进黑暗

没有一个亲属
签完自己的
病危通知书
我看了看
窗台的绿萝
给它浇了浇水

我就要走了
为什么
还让婆婆摔断了腿

棒棒糖

儿子跟我小时候一样
没到换牙的年龄
就满嘴蛀牙
他特别喜欢吃糖
棒棒糖　白兔糖　QQ糖
只要是甜食他都喜欢吃
有一天
孩子他爸病倒了
身体被病魔
折磨得好虚弱
他用嘶哑的声音对儿子说
"如果我掉进水里了,你会救我吗?"
儿子哭着说
"爸爸,我会救你。"
"你不要救我,如果跳下来,会被水冲走——
你留下来照顾好妈妈
到时候你会有一个新爸爸。"
"我不要新爸爸
我只要我爸爸
我以后……
再也不吃糖了。"

你还好吗

想起我的童年
在田间摸爬翻滚
放养牛羊
爬上山顶朝着对面的山
喊一声:"你还好吗?"
我的声音在山谷回荡
山的对面立刻回应一句:
"你还好吗?"
隔着时空
它隐隐融化了一些事物……

夕阳下
我从车站出来
迈着回家的步伐,牛羊的影子
投射在一眼望不到边的田野
不知愁滋味的童歌
……
听见从另一条道路
传来一个声音:
"你还好吗?"

远嫁

风来过
雨来过
一地落花
在纸上
画一个残月

从你离开那一天
我学会了喝酒
所有疾病与磨难
一点点融入酒中
二十五岁那年
我远嫁广东
没彩礼
没新房
没婚纱
不顾家人反对
孤身一人
来到这里安了家
从此
有吃不完的面
吃不完的柚子
还有
吃不完的苦

星星
——致坚强的我们

在回家路上
抬头望向远处
发现天上有很多星星
一颗
两颗
三颗
……
繁星点点
数不清

再看看近处
你看我的左手上
跟天空一样
有着很多星星
都是透析时
穿破血管留下的痕迹
一针
两针
三针
我用计算器

算了一下
每年 12 乘以 24 等于 288
再乘以 8 年
等于 2304 个针孔

每次扎两针
意味着
生命又可以延续
到明天
明天的明天
加起来就是很多
遍布的针孔，将我们的生命
一直延续下去

母亲

从我记事起
母亲在家中
比较强势
她总是
疼爱哥哥
我是一个
没人疼
没人爱的孩子
所以小时候
我不爱
我的母亲

那年
我生病了
重症
需要住院治疗
还需要透析
透析的地方
离病房很远

那天晚上

我刚做完透析
天气好冷
母亲用轮椅
推着我回病房
经过一个
很陡的斜坡
当我们到达半坡的时候
轮椅慢下来
路确实有点陡
有点崎岖
而母亲的年纪
有点大了
我坐在轮椅上
将脸贴近
母亲的胸口
能听见她的呼吸加快
她踮起脚
使尽了全身的
力气
一会儿向左

一会儿向右
在一位热心人
的帮助下
终于把我从最低谷
推了上去

我从来
没有像那天
那样
爱过我的母亲

如果有来生

如果有来生
我想我的工作
每天只花 4 小时
下午 4 小时
可以写诗

如果有来生
我还愿意做
我们老板的员工
继续加倍付出

如果有来生
我想做一个人
时间自由的人
可以早早地
坐在拍摄点
等待……
吴老师来拍照

景雅林的诗

景雅林,男,1955年出生,北京市人,研究生学历。曾当过大学教师,现退休。肾病时间2年,透析时间2年。

长翅膀的鱼·透友的诗

红色小松鼠

多年前
我去德国波恩拜访朋友坎贝尔一家
他们住在河畔花园古堡里
那天，女主人开心地带我去西梅林
摘西梅
新鲜的西梅不用洗
摘下来直接吃
味道好极了
突然间一只红色小松鼠
迈着舞步蹿到我面前
它的美如一道闪电
击穿了那个下午
酒红的皮毛，浓绿的草坪
清凉甘甜的西梅……
还有此刻
一点点愉快的渴望

党邦文的诗

党邦文,男,1981年出生,广西壮族自治区北流市人,初中学历。曾从事安保工作,现在无业。肾病时间13年,透析时间13年。2016年开始参加深圳市志愿者服务,目前服务时间11067小时。曾获2017年"美丽深圳一星级义工"、2019年深圳市地铁义工联合会"五星级义工"等荣誉称号。

长翅膀的鱼:透友的诗

91251 个汉字

冷空气到来，寒风呼呼地吹
我穿上保暖的衣服、戴上帽子
和手套，准备去义工站出勤
出门前突然想，谁缝制了
为我御寒的保暖服、帽子和手套
他们在哪儿，是否和我一样
感觉寒冷，用什么抵挡寒冷侵袭
我希望，在今天服务的地铁口
能遇见他们，不必认识，不用
打招呼，我希望他们在人流中
让我为他们擦去站台口的积霜
让拥挤的人们和谐通过
我会向他们匆匆离去的背影
投去关切和祝福的一瞥
是的，我们做着同样的事情
关心素不相识的人
惦记遇到困难的人
我和他们有同样的愿望
在寒冷的季节
把善良、相互、希望、帮助
珍惜、生命、阳光、尊严……
这些字，这些字，这些字
放在 91251 个汉字的前面

杜才全的诗

杜才全,男,1970年出生,四川省营山县人,高中学历。外企职员。肾病时间12年,透析时间8年。2020年开始参加深圳市志愿者服务,目前服务时长680小时。2024年被龙岗区义工联评为优秀义工,获得深圳市龙岗区人民法院"优秀义工"称号。

长翅膀的鱼·透友的诗

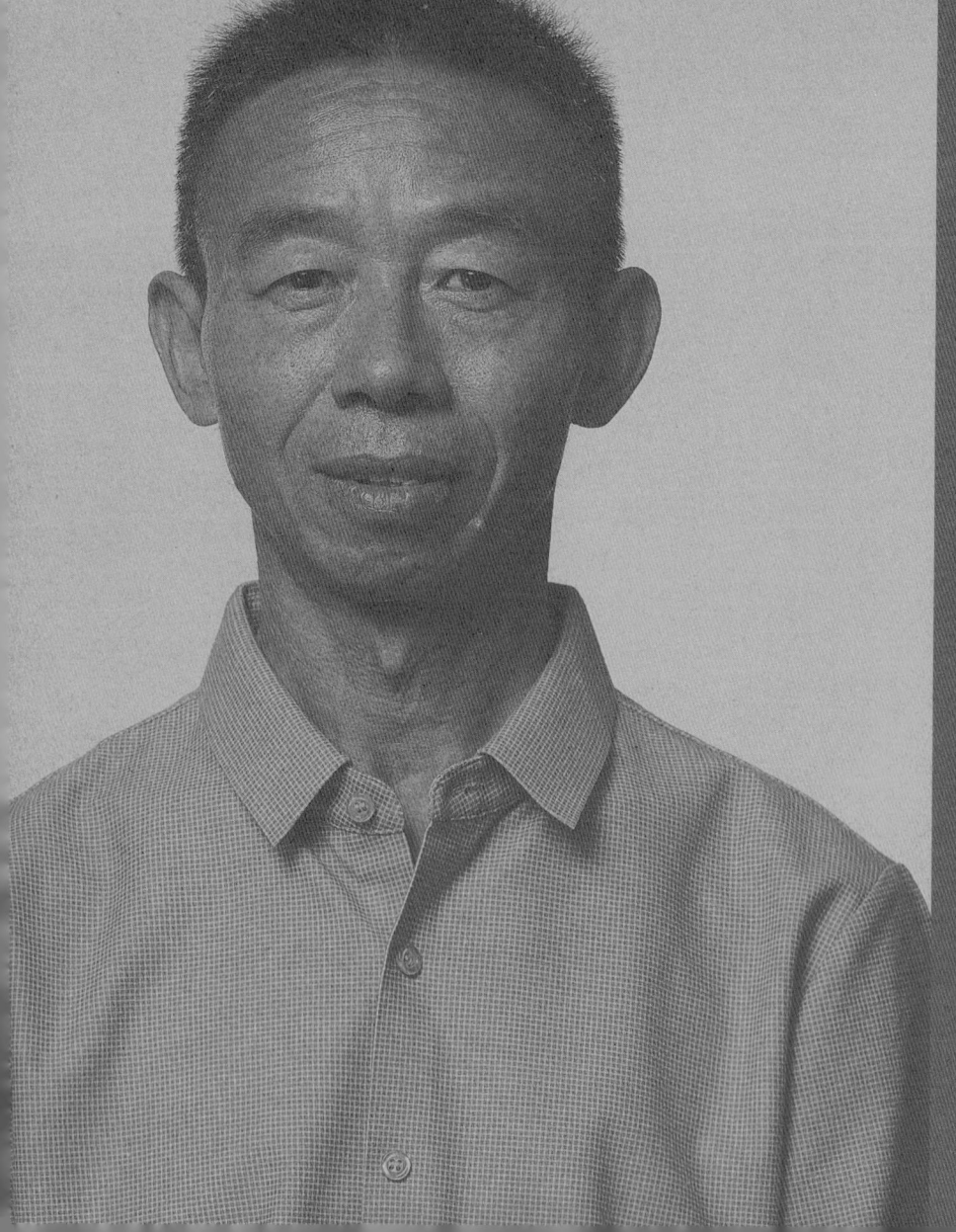

上机与下机的情怀

上机，迫不及待
旋转的轮子是孩提时
在风中旋转的大风车
红红的导管
是初恋情人的红头绳
大风车和红头绳是我
年少的余韵

下机，恋恋不舍
不舍的童心在记忆中欢笑
不舍美梦在时间里羞涩

此刻，我又是那
手握大风车天真烂漫的少年
在寻梦的旷野里狂奔
步履更加轻盈
梦想更加丰满

朱显仲的诗

朱显仲,男,1982年出生,安徽省池州市人,大专学历。曾从事木工、印刷工、房地产销售,现从事教育工作。肾病时间7年,透析时间8个月。

长翅膀的鱼·透友的诗

挤暖

走在校园里
看见几位同学躲在教室外墙角
瑟瑟发抖
问他们在干吗
一位同学说:"冷啊!"
我笑着回应了一下
想到
我们读书的时候也是
这样挤暖
好几个人靠着墙角
相互用力挤
像山羊抵角,一些
力和热升起来
挤暖游戏带来快乐和温暖
彼此之间,友谊
一下子把我带到了童年
万物皆有冷暖
同学——
你还冷吗?

郭秀春的诗

郭秀春,女,1982年出生,广东省河源市人,初中学历,无业。肾病时间8年,透析时间8年。2021年开始参加深圳市志愿者服务,目前服务时长143小时。

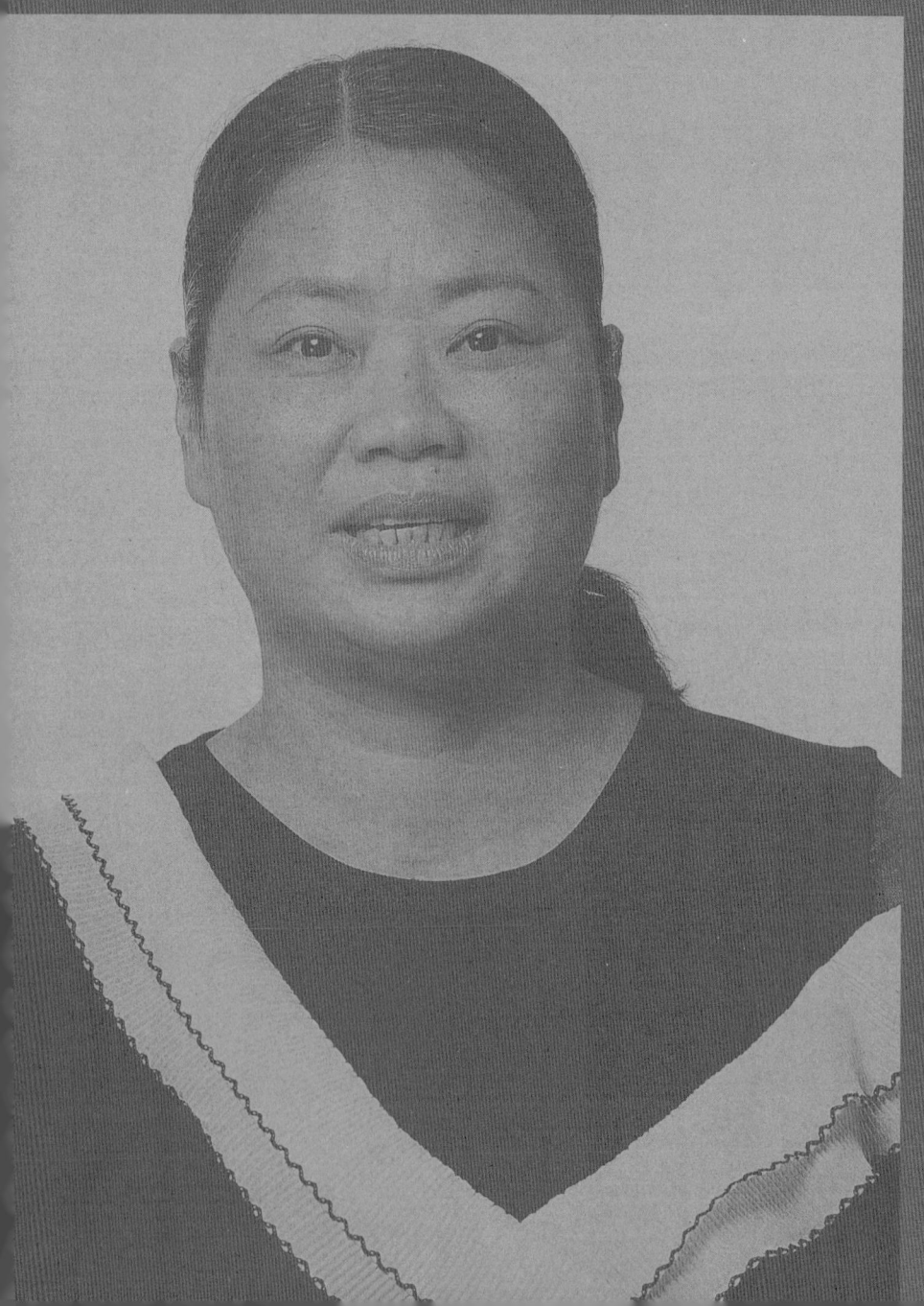

光明之窗

经历了生死,真的觉得
没有什么比珍爱自己更可贵
一个人的日子,什么都很艰难
想想不愿面对坍塌的世界时
绝望的粉尘,封锁了未来
生活像寒风吹拂的柳絮
四下散开,漂泊无依
没有方向,没有归宿
直到胡杨林来敲我的心门
爱的感觉顷刻间弥漫死寂的心
我不再独自偷偷哭泣
不再是黑夜的女儿
只因光明之窗出现在我的生命里

开花

白日与黑夜
在我心中
循环上演孤独
透析机的轮子
转呀转
怎么都转不走忧伤

忧伤像种子
在我心中
种下又刨出
一千次血透
一千次呀
黄河也澄澈了

等到今夜
透析机的轮子
撬走离婚证上的钢印
一粒种子终于落土了
一棵树终于要开花了
新的故事开始上演

黄春玉的诗

黄春玉,女,1977年出生,湖北省荆州市人,小学学历。曾做过制衣工,经营过小吃摊档,现为家庭主妇。肾病时间17年,透析时间12年。

长翅膀的鱼·透友的诗

渴望

生命在每一次透析中轮回
冰冷洁白的机器
平稳地转动着
窗外阳光灿烂
一只鸟儿站在窗台
拍打翅膀
我想走出去
像它一样晒着日光
但是病魔折叠起我的翅膀
我只能在病床上遐想
血液滤出我身体的毒素
也锤打我的灵魂
"给孩子一个完整的家"
这个念头
像鸟儿一样占据我

黄豆酱

做一道唇齿留香的美食
一定去挑出最好的食材
从一颗颗黄豆里挑出优质品
给它清洗
浸泡
发酵 24 小时
上蒸锅
然后
和牛肉辣椒一起
慢慢熬出
香辣软糯的黄豆酱
给我一个战胜病魔的理由

栀子花

我喜欢栀子花
但还是
选择了另一个送花的人

没接过你手中的栀子花
那时,我年轻
满池烟雨
醺迷了我　濡湿了我

如今我躺在透析机旁边
望着手臂上两只蜻蜓
蜻蜓亲吻疤痕
带走我变黑的血
四个小时
我不动声色地
望着触礁的身体
念起你

天气真好
我身体的刺青
一朵栀子花

黄育旺的诗

黄育旺,男,1969年出生,广东省廉江市人,高中学历。曾经的职业是客车司机,现无业。肾病时间5年,透析时长5年。2021年8月开始参加深圳市志愿者服务,目前服务时长277小时。

风来了

在阳台上静坐
我等待风来
风来了
吹走昔日苦痛
风越来越大
吹走不甘和委屈
飞沙走石
还有什么该被吹走

我的心活过来
像火山熔岩一样奔涌
我去追逐风
像风一样劲吹
我和风共舞
像往日那个快乐孩子

风来了,又走了
我在,我还在

在风雨中

在风雨中接受
洗礼的力量
仰头唤起
内心深处的渴望

在风雨中承受
生命的力量
大声呼唤
一生惦记的梦想

在风雨中感受
自由的力量
展翅高飞
就像凌空的雄鹰一样

人生路上
像雨一样有力
像风一样自由
和岁月一样坚强
也许有稍许停顿
决不会放弃翱翔
风雨之中追赶太阳
风雨过后就有阳光

症之恋

不知不觉中
它悄悄来到我身边
慢慢在我身体里住下
到我发现时已不分你我
它爱我爱得死去活来
我不喜欢它
却不得不和它生活在一起
我赶不走它，它也离不开我
就像生死恋一样
每天我们都在争斗中度过
它让我活在痛苦之中
我却要照料它惹下的祸
一三五为它清理一堆麻烦
它可不是那么好伺候
有时它会说
心衰了要控水
磷高了要吃药
钙低了要补钙
有时它会用认知功能下降
贫血和心脏瓣膜病威胁我
它让我和它有一个
共同生活的习惯
这样才能和它相爱到永久
和它的生死恋真是
一言难尽的关系
不愿执子之手
却得至死不渝

透析笔记

第 912 次血透时间到了
我走进治疗室
相同的路,相同的病床
已走过数年

两根针头银光闪闪
刺入我手臂上的瘘口
四个小时
我静静地看着
透友在群里谈论爱

噢是的,爱
多久了,我已忘记
不再想起
多久了
我想用这被疼痛干预的身体
和你讲述爱的故事

写诗的幸福

突然间变成生命的吟者
美丽诗句不断向我涌来
我看到每一种植物
都渴望为它们送上一首诗
为木棉树吟唱关怀
为凤凰花吟唱热烈
为簕杜鹃吟唱久远
身边每个人
我都想为他们写一首诗
为不认识的写理解
为认识的写珍重
为亲人写家
为爱人写扶持
一想到这个我就幸福
原来写诗是这么开心

放下

在漫长的尿毒症治疗中
我背着沉重的行囊
里面装满又苦又甜的过往
我的童年幸福和少年欢乐
我的职业履历和情书
我的梦想和我的大巴
放不下是不舍得
它们如同落叶随风飘散
它们压弯了我的脊梁
让我背负着沉重的现在
却失去未来
放下的过程并不轻松
它伴随着疼痛和挣扎
当我最终放下这一切
我感到前所未有地
轻松和自由
我又可以重新上路了

黄光争的诗

黄光争,男,1998年出生,广东省湛江市雷州市人,中专学历。2017年来到深圳,当过服务员、股票顾问、QE助理工程师等,现无业。肾病时间4年,透析时间3年。2023年开始参加深圳市志愿者服务,目前服务时长450小时。

长翅膀的鱼 · 透友的诗

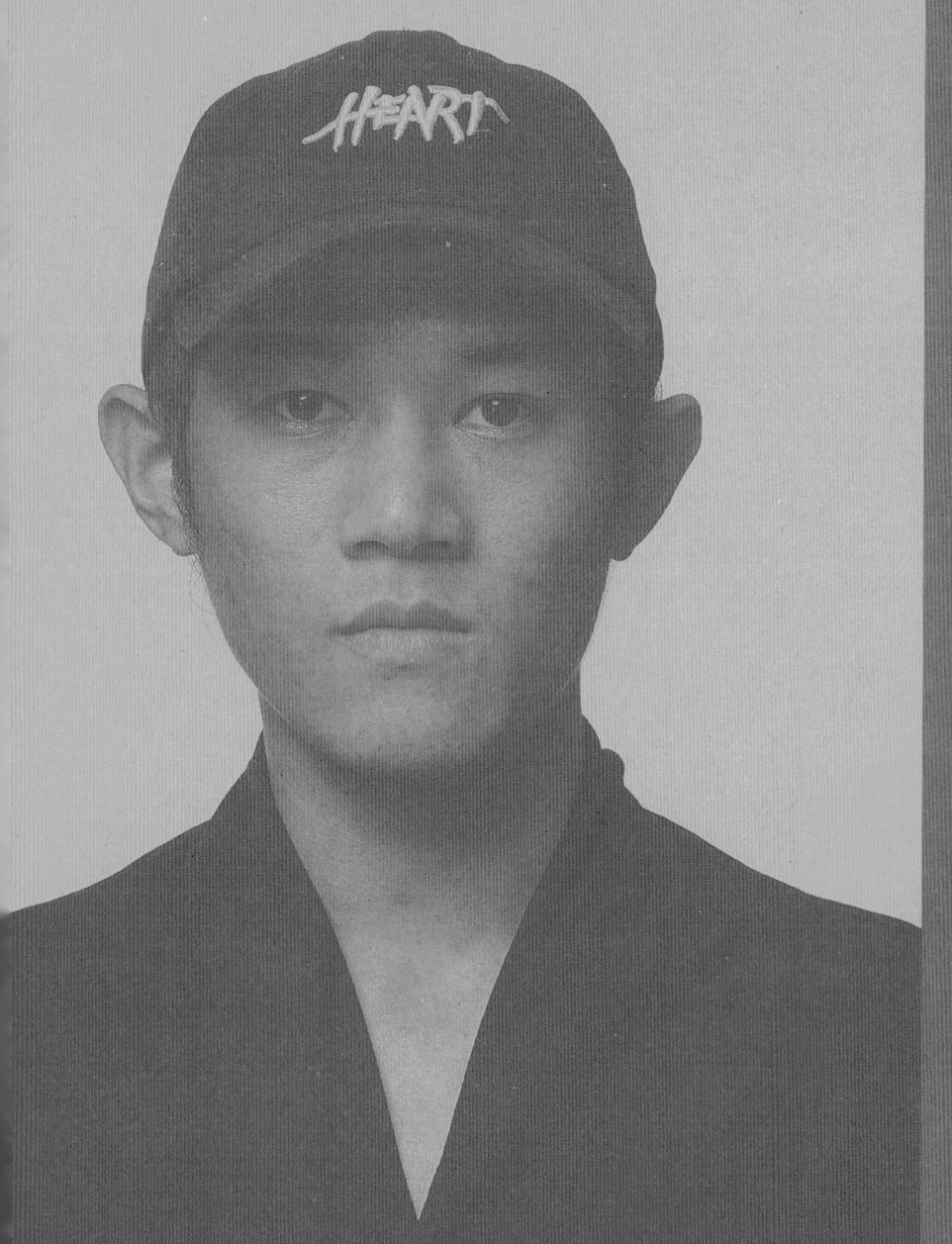

完整

医院。手术室。手术台
医生洗手,戴手套。护士洗手,戴手套
手术器械碰撞,无助和不甘碰撞
我躺在无影灯下,听针头扎进皮肤
刹那痛感,血液运送药水,转瞬到达大脑
我生而完整,如今被切割
我被切割,而后再次完整
一觉醒来,仿佛做了一场梦
一阵疼痛袭来,痛得那么真实
我知道自己还活着,我完整
我想问医生,生活是不是活着
我想知道,未来是不是完整

早晨

一觉自然醒
阳光彩色
有什么在其中滑行
这座城市
"那永远的光芒烙在我的灵魂里
使盲人的眼里闪着泪光"①
淡淡薄雾
洗净了昨日的一切不快

---

① 引自李犁的诗《昙花》。

雨

我不喜欢下雨
天幕灰沉沉
像心情落到了谷底

有时听雨
和着体内血液低低的吼叫
时间久了
就觉得雨中有一道亮色
凉凉的
落在我布满针孔的手臂

错过

每天醒来,错过起床闹钟。
每天吃药,错过医嘱时间。
每天赶车,错过这一班,等待下一班。
有时我在想,提前一点点,是不是就可以赶上?
但那个错过的我还是我吗?

香囊

这条街,我经常走
这家店
开在医院旁边
这饼好大,有一股奇特的香
我路过好多回,没有买
有一次问了价格
老板告诉我"十五块三张"
我听完走了
因为微信里的钱
只够坐公交车回家
今天去透析
我买了一张
新鲜出炉的馕
香味扑鼻,柔软
有嚼劲,不拉嗓子,顶饱
这样,在透析过程中
不增重还管饱的零嘴
加了一个"香囊"

与你同行

和我一起耍得好的
三个朋友
两个早已去世
还有一个
前天也走了
但我不留恋
不怀念逝去的日子
那四人时光

我若回头
会选择回到
刚开始相遇的那一天
我们再次同行

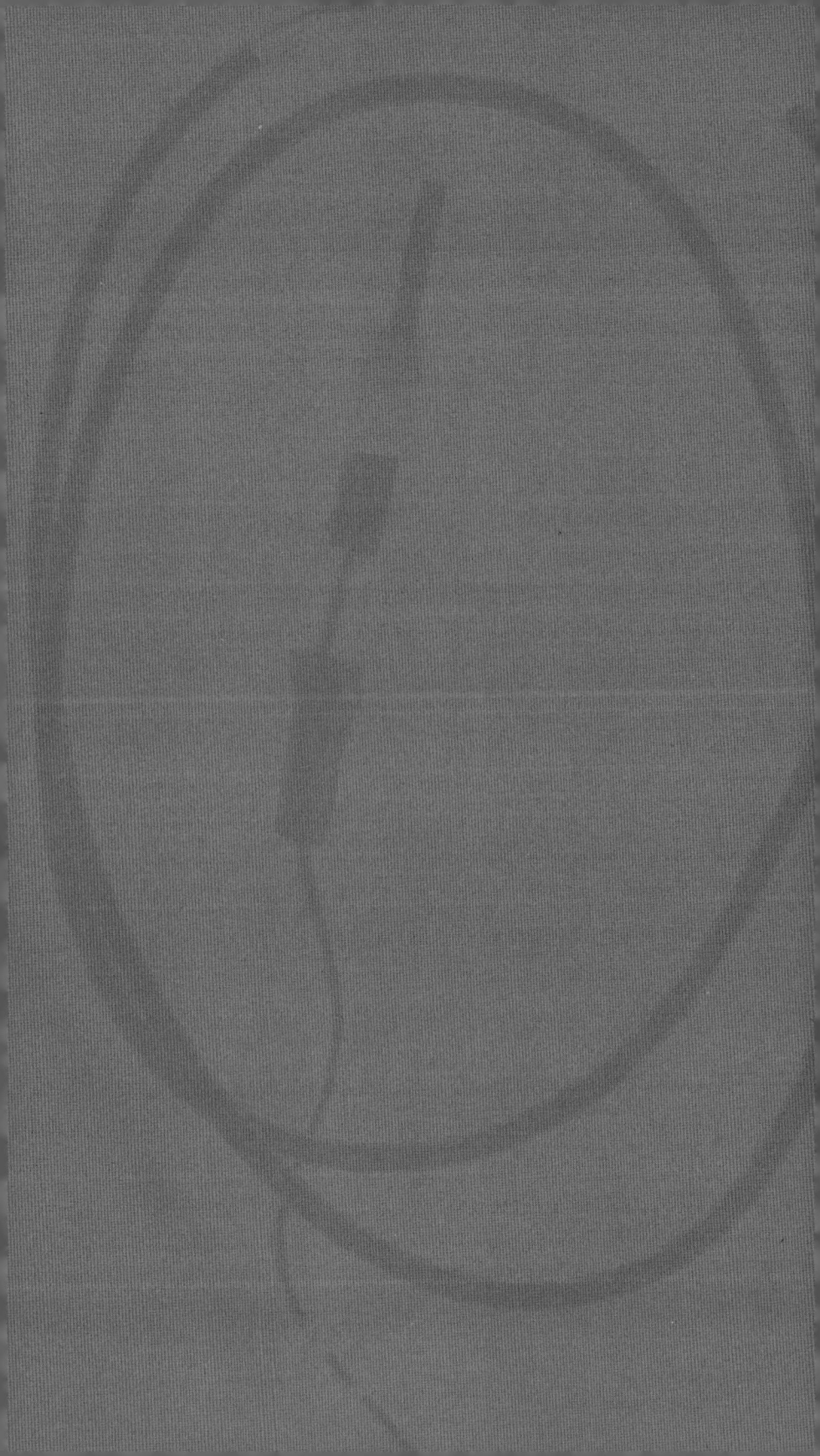

黎平华的诗

黎平华,女,1979年出生,江西省萍乡市人,初中学历。曾当过仓库管理员、外贸采购员等,现为自由职业。肾病时间18年,透析时间16年。目前志愿服务时长达1747小时。

长翅膀的鱼·透友的诗

洗衣服

今天的衣服用手洗呢
还是机洗
先把衣服颜色分类
红色
白色
蓝色
深蓝色……
各色一件
还是手洗吧
免得脱色
小时候没有洗衣机
没有洗衣液
没有洗衣粉
没有肥皂
用的是茶麸
茶麸碎成小块
用开水冲泡
泡好的茶麸水洗衣服
还可以洗头发

他们说"洗血"
我们的血液也像洗衣服一样
按时洗涤筛毒
各人的体质不同
医生给的治疗方案也不一样
有人用尼普洛
有人用旭化成
有人用东丽
有人用威高……
达到满意的效果就好

透友会

盼望许久的透友会终于来临
相约在深圳北站 D 出口
今天无论在地铁上，还是去酒店的路上
随处可见多年不见的肾友
握手相互问候
甚至又跳又抱
就像久别重逢的亲人
脸上的皱纹多了
双鬓斑白了
美了
瘦了
胖了
黑了
白了
坐轮椅了
移植了
有的再也见不到了
变化无常
我们都老了……
昨天已回不去
珍惜现在和明日吧
让我们在这快的城市里
慢慢活

高光美的诗

高光美,女,1972年出生,湖北省襄阳市人,初中学历。曾在电子厂上班,现无业。肾病时间8年,透析时间6年。

长翅膀的鱼·透友的诗

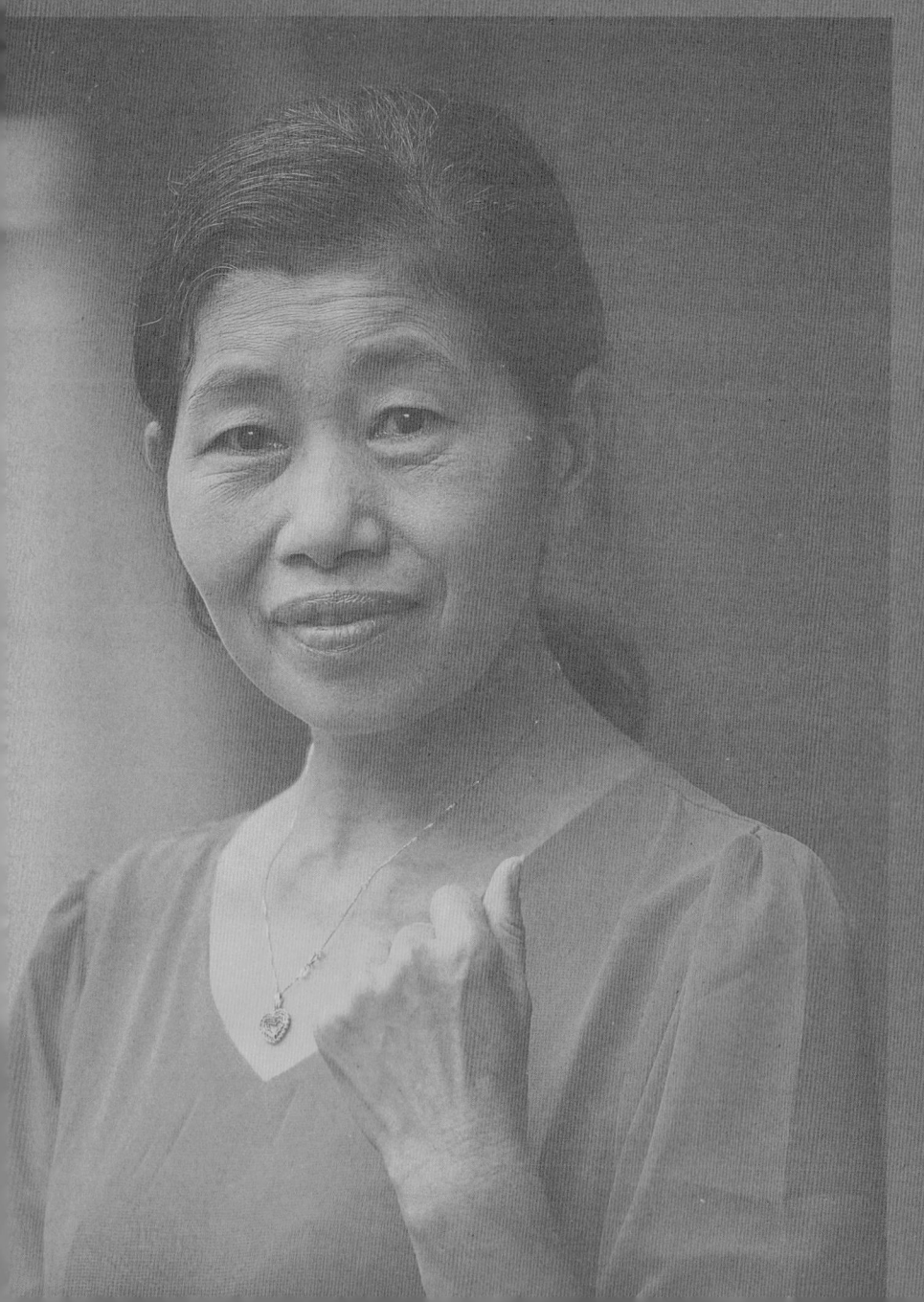

我愿成为一棵植物

如果有来生

我愿做个哑巴

如果有来生

我愿做棵植物

植物的生活

没有声音

但每一天都在努力生长

就像我一直在努力生活

即使不能行走

也要枝繁叶茂

我愿变成一棵植物

植物也有生命

植物的世界

是风的轻拂，雨的滋润

是阳光的温暖，土地的拥抱

老屋

想起故乡的老屋
就怀念起爷爷和奶奶
故乡的老屋，土墙泥瓦
低矮的屋檐布满蛛丝网
老木门吱呀吱呀
声音在耳边回荡

儿时我喜欢看爷爷坐在门口
抽着自卷的旱烟
望着门前的山和地

奶奶喜欢坐在门口木凳上唠叨那些我好奇的往事
喜欢摸着我的头发说着小妮子还不快快长大

我已长大
爷爷奶奶也去世多年
老屋曾是他们一生的守望
现在成为我心底温暖的地方

廖辉的诗

廖辉,男,1976年出生,四川省眉山市人,大专学历,曾从事电脑维修、硬件开发工作,现在从事司机职业。肾病时间16年,透析时间16年。2017年开始参加深圳市志愿者服务,目前服务时长719小时。

二八大杠

依稀记得
我上四年级时
每天拄着拐杖艰难上学
爸妈把一切看在眼里
为了我能像别的孩子一样飞奔
省吃俭用买了辆二八大杠
"妈你是不是搞错了,我一个瘸子怎么骑车?"
"让你哥给你当私人司机。"
我的第一辆私人车——二八大杠
不论刮风下雨烈日炎炎
还是寒风凛冽
路途艰难
哥哥骑着二八大杠带着我飞奔,拥有别的孩子一样的飞奔
车轮滚滚,时间流逝
兄弟情谊因二八大杠更加深厚
无论风雨多大
哥哥总是在我身旁
如今,我已近天命之年
那辆二八大杠
是我最深的回忆

廖燕浩的诗

廖燕浩,男,1961年出生,广东省大埔县人,高中学历。自由职业。肾病时间6年,透析时间6年。

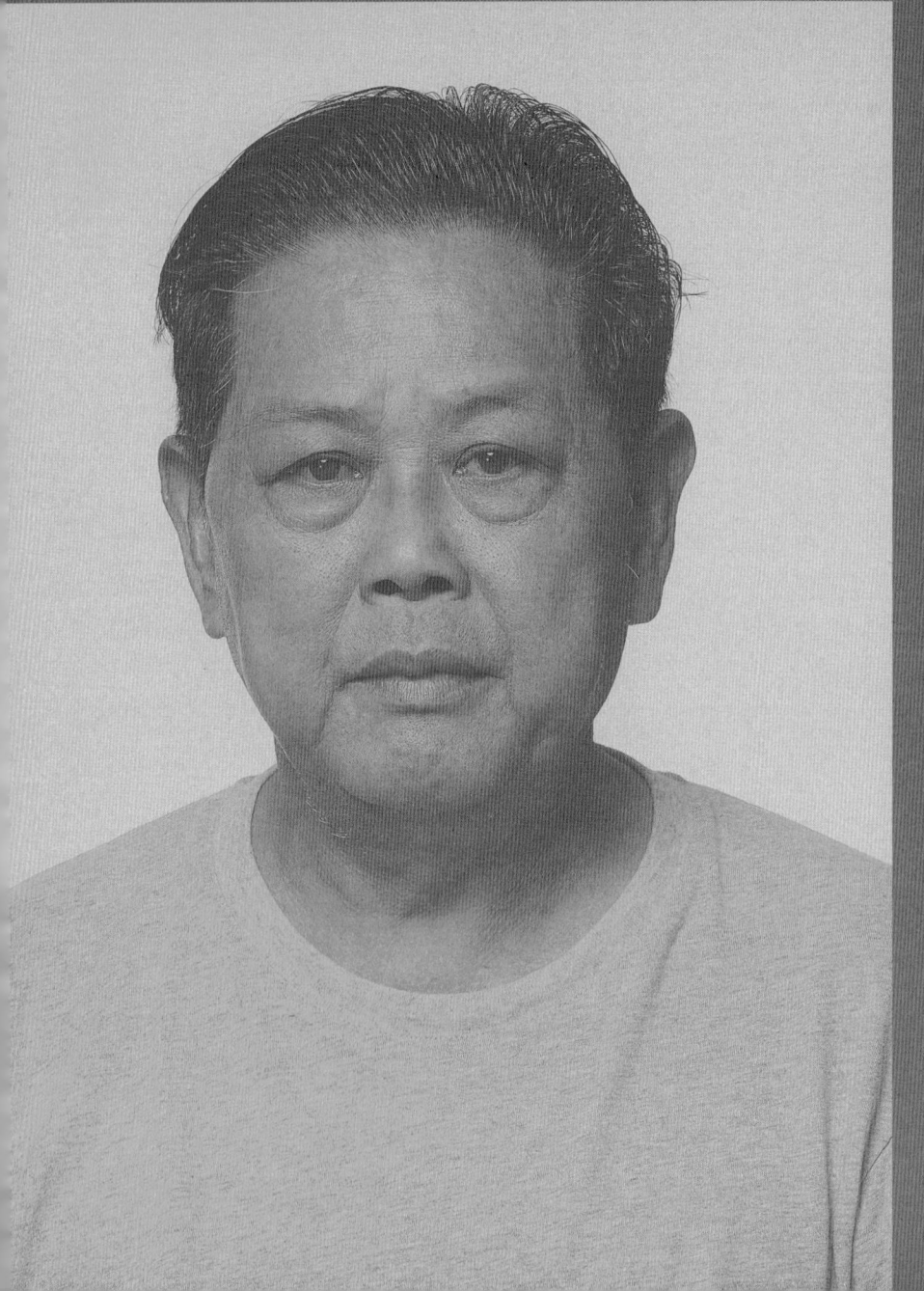

两棵树

在医院的门口，
同一屋檐下有四棵树，
两棵已经发芽，
另外两棵还没有发芽，
就像南方与北方。

为什么同一屋檐下会有不同的变化，
万物在生长，
有的树感受的是北方，
有的树感受的是南方。

刘小华的诗

刘小华,男,1976年出生,湖南省怀化市人,初中学历,曾自营企业,现从事企业管理。肾病时间3年,透析时间3年。

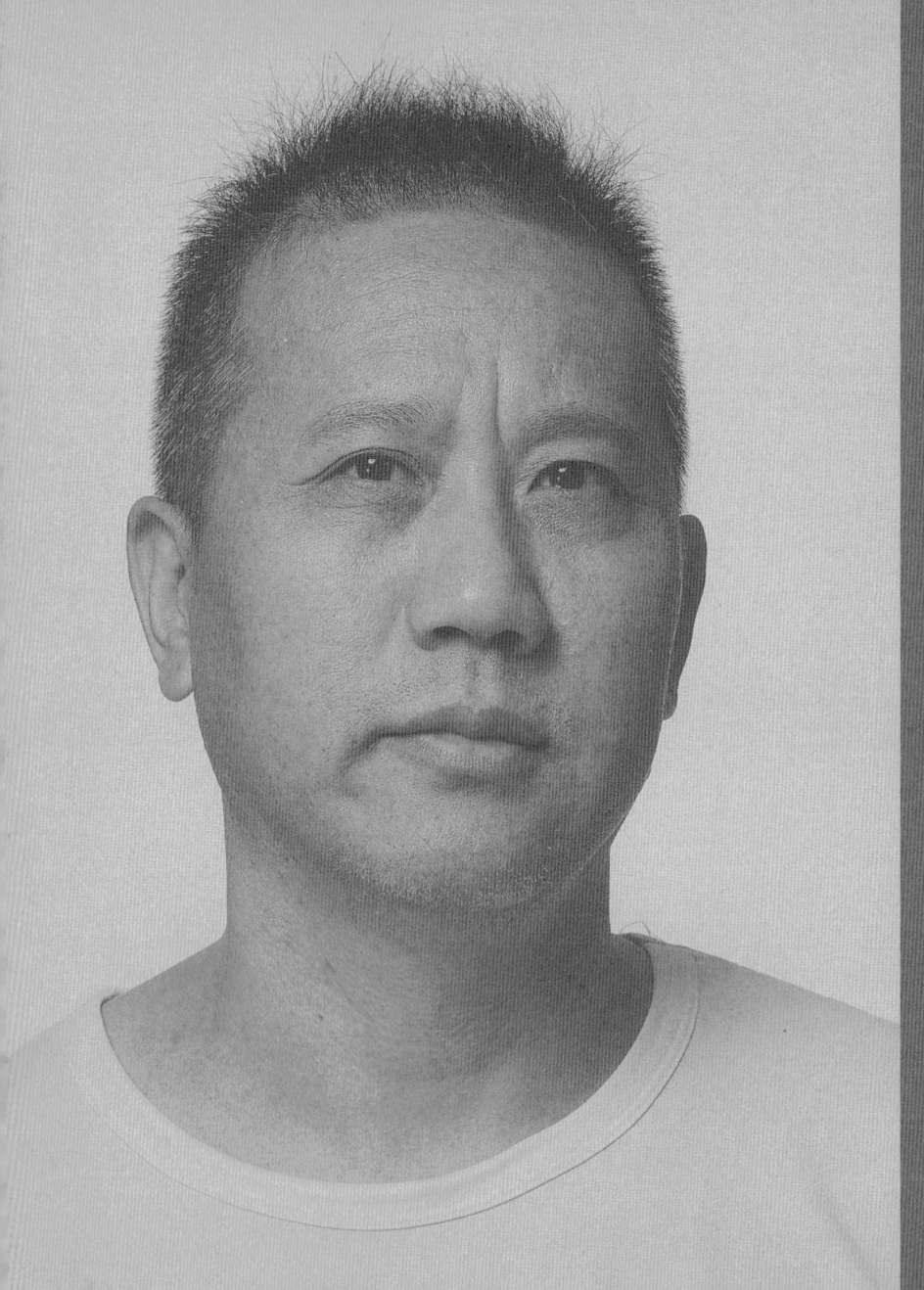

乡间偶遇

出城的人带着内心的流水
望远山白云
郊外寒意中的夕阳
路边的野花
零星撒了一地
流水清洗的万物
如白鹭弄翅
倒入一江清影

早春

北方的风景被冰雪装饰
江南的檐角却有麻雀在欢歌
暖风带着微笑走来
少年在春天放飞梦想
成年在春天背上行囊
与春同行,与春同住
春天总是与美好结合
成就了大地的诗章

如果有来生

夙愿太多
我还不够细想
如果有来生
我们能活出灿烂吗
当泪水流向心底
顷刻成血

如果有来生
我只想化作清泉
在父母经过的路口
让他们捧上一口
当以清泉报浊泪

江水平的诗

江水平,女,1977年出生,湖南省醴陵市人,中专学历。曾当过幼儿教师,现无业。肾病时间15年,透析时间7年。

长翅膀的鱼·透友的诗

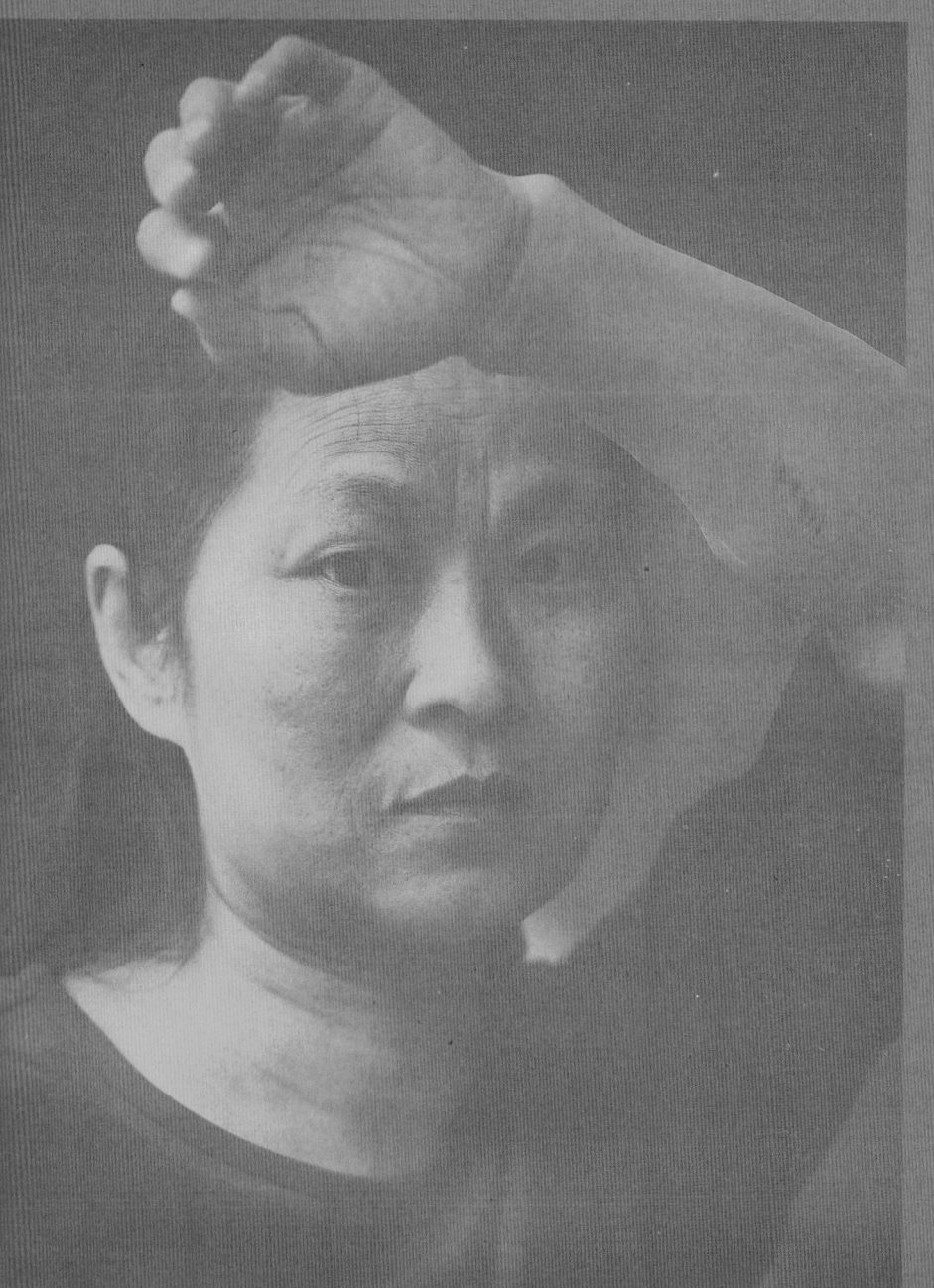

高铁和绿皮火车

高铁车厢似咖啡馆
绿皮火车像个集市
安静与喧嚣，远途与短途
每个人行走在自己的风景

高铁在一天中可以穿越四季
绿皮火车的慢
一种固执的爱
从冰冷走向热烈

我生病的时候
在高铁与绿皮火车
之间跳转

病痛与诗
不可取代的风景

羊毛袜

今天收到一双羊毛袜
一双来自东北的羊毛袜
一双加绒加厚的羊毛袜
一个小太阳
一朵柔软的云
我的身体有了异样的感觉

一双顶好的羊毛袜
让我对世界有了别样的温暖

如果有来生

如果有来生
我想化作一场雨
洗涤我们身上所有的病痛
如果有来生
我愿化为一片海
让我的每一滴汗水都化作浪花
在每一个清晨和黄昏
抚慰海边踏浪的人

彭永忠的诗

彭永忠,男,1974年出生,广东省兴宁市人,高中学历。曾是盐田港员工,现无业。肾病时间14年,透析时间14年。2018年开始参加深圳市志愿者服务,目前服务时长5776小时,曾获得"五星级志愿者"和"深圳市百优志愿者"荣誉称号。

长翅膀的鱼·透友的诗

牵手

手术室的门缓缓打开
候诊区的座椅上，你霍地站起
向我走来
握住我的手，说
"好了，出来了"
我咬咬牙
望着自己缠着厚厚纱布的手
眼泪止不住地往下掉……

我清楚地感觉到
我痛的是皮肉
而爱人痛的是心

秦毅的诗

秦毅,男,1969年出生,重庆市忠县人,大专学历。当过瓦工、保洁员、快递员、绿培师、庭院设计师、仓库主管、财务总监等,现无业。肾病时间17年,透析时间17年。2008年7月参加深圳市志愿者服务,目前服务时长5800多小时,曾获得深圳市"五星级义工"和"深圳市百优义工"等荣誉称号。

初恋

初中时与某某女同学
不冲突不吵架不划桌子三八线
唯一一次欺负她
是她脱了凉鞋赤脚
我也脱了凉鞋踩她脚背上
她居然不生气
红着脸看她的书
她的脚我的脚都红了

后来我们都没考上中专
后来她等我读完高中
后来我们一起散步
后来我们各走自己的路
。

现在想来
还是会红着脸
她的书，她明亮的眼睛
我的初恋

石丹彤的诗

石丹彤,女,1984年出生,江西省九江市人,大专学历。当过制程技术员,现无业。肾病时间15年,透析时间15年。2016年加入深圳市志愿者服务,目前服务时长975小时。

长翅膀的鱼·透友的诗

如果有来生

如果有来生
你还选择做人吗
他说如真有来生
我愿是水里的石头
为你过河垫脚
你呢
如真有来生
我愿是一棵胡杨
藏着一百零一首诗
如果你来
我给你看月落荒漠的
沧桑之美
如果真有来生
我愿做红娘，不做新娘
接受跪拜之喜
愿有情人终成眷属
不受人间疾苦

活着

活着，为了每天给父母一个电话
为了让孩子知道他的妈妈
还好好地
活着，为了感受汗水和泪水
怎样交织着流下

活着，为感受雨水拍打在身上的清凉
活着，为太阳带来的温暖
活着，为了花开时的香气
生活很苦，但我珍惜

我的车站

我的车站，我生命的起点
也是我最终归去的终点
它熟悉、亲切，又很特别
每隔一天，我都来此充电
它见证了我的奇迹、坚强与痛苦
记录生命的每一次延续

清晨五点半，我背上行囊
带着干粮，向车站出发
沿途无风景，只有嘀嘀的透析机声音
机器轰轰声，护士问候声

四小时旅程，我透析重生
下机时，电量满盈，远方在等我
午后车站，人声鼎沸
大家彼此问候

我在哪台机，今日做滤否？
喧嚣中，如进电影院寻座位
透过医生的记录
感受到了生命的高贵
也给自己带来活着的希望

我的车站，也是生命枢纽
它见证我的价值
给亲人最好的回报
给自己活下去的勇气

无论将来，我在哪站下车
都将是我最好的时刻
也是我灵魂开启的瞬间
我的车站，永远是我心中的光

比萨

透过玻璃,舌尖已经触摸到她的肌肤
一个姑娘眼巴巴地望着那诱人的比萨
你吃过比萨吗?姑娘轻声问道
我吐着舌头摇摇头
心中已经遐想了她无尽的味道
甜的?咸的?辣的?酸的?……
未尝之前,总感觉她神秘
遥远又不可触及
是谁给比萨起了这么动听的名字

那一年春天
妈妈给我买了期望已久的比萨
我躺在病床上吃着比萨
心里是甜的嘴巴是苦的

五年

一条条泪痕
融化了我藏着的记忆
想用时间洗涤忘记那个苦涩的梦
那个我做了五年的梦

五年之前
火车来回穿梭于轨道
游子的我回家了
在结婚证上烙个钢印
我是幸福的
小孩呱呱坠地
我梦里是一只只漂亮又好看的萤火虫
飞得很开心
我是一枝漂亮的蔷薇

五年的快乐
很长又似乎很短
生命由丰美走向凋零
一张尿毒症的诊断证明
撕碎了我的所有
之后的生活是复杂的
无味的，悲伤的
就这样结束了
包括我的婚姻
每一个难眠的夜晚
想念可爱的儿子
五年之前

回家是件幸福的事
因为有家可回
五年后家没了
我成了流浪者
彷徨在陌生的城市
追着梦
梦里有人疼有人爱
梦里能抱抱儿子
五年已经成了永远
绝望的眼泪已经流干
枯萎了的蔷薇

五年之后又五年
我找到了梦
一只只萤火虫又聚在梦里
曾经的五年是痛苦失落
五年之后是告别蜕变
是喜悦也是庆幸
人生有许多个五年
不管你活成什么样子
勇敢点燃自己
热烈飞舞
让蔷薇在阳光下盛开

过冬了

窗外风迟迟地来回敲打着玻璃
是要下雨吗
不是
是过冬了
树木哀叹着

我没有了春天的英姿
北方的兄弟早已穿上雪白的棉袄
南方的我灰沉沉的只想睡觉
过冬了
过路的行人蜷缩的身影加快的步伐
仿佛也告诉人们真过冬了

我很幸运自己又熬到了冬天
冬天所有万物都该冬眠了
但我不能
我仍要沸腾着期盼下一个春天来临
我想着快速起床可是被子紧紧抱着我
是该过冬了

王方园的诗

王方园,女,1985年出生,湖北省荆门市人,本科学历。曾从事金融销售工作,现无业。肾病时间14年,透析时间4年。2019年开始参加深圳市志愿者服务,目前服务时长203小时。

长翅膀的鱼·透友的诗

踩水

不是说春雨贵如油
哟呵
这怕是油盆给打翻了
漫天泼洒着
哪儿哪儿都湿

这困住了回家路上的我
哎呀
头可以浇
身可以淋
脚可以泡
高跟皮鞋万万不行

雨大怕个啥
高跟鞋有何惧
脱下光着脚丫走回去就是

硌脚的粗砾路面
是刺激酸爽的微痛
湿凉厚实的笃定
浅坑水洼处
循着少时的记忆
一踩一个不吱声

心在雀跃
妙哇
你来不来
踩水试试

你好,我是姨妈

这糯糯叽叽柔柔嘟嘟的粉团儿
一声咿呀
我心滴答
哭声哑哑
我却笑啦

望你伴迎这春风
温良谦逊
感受夏日的炙阳
也不忘肆意张扬

看金秋霜叶红火
生活终会有个果
抱银冬白雪皑皑
没有什么不能挨

你好,我是姨妈
初次见面请多多关照
你好,我是姨妈
欢迎你来到这个世界

杨金的诗

杨金,女,1978年出生,江西省丰城市人,初中学历。当过酒店管理员、玩具厂管理员,现自由职业。肾病时间9年,透析9年。2016年开始参加深圳市志愿者服务,目前服务时长374小时。

长翅膀的鱼·透友的诗

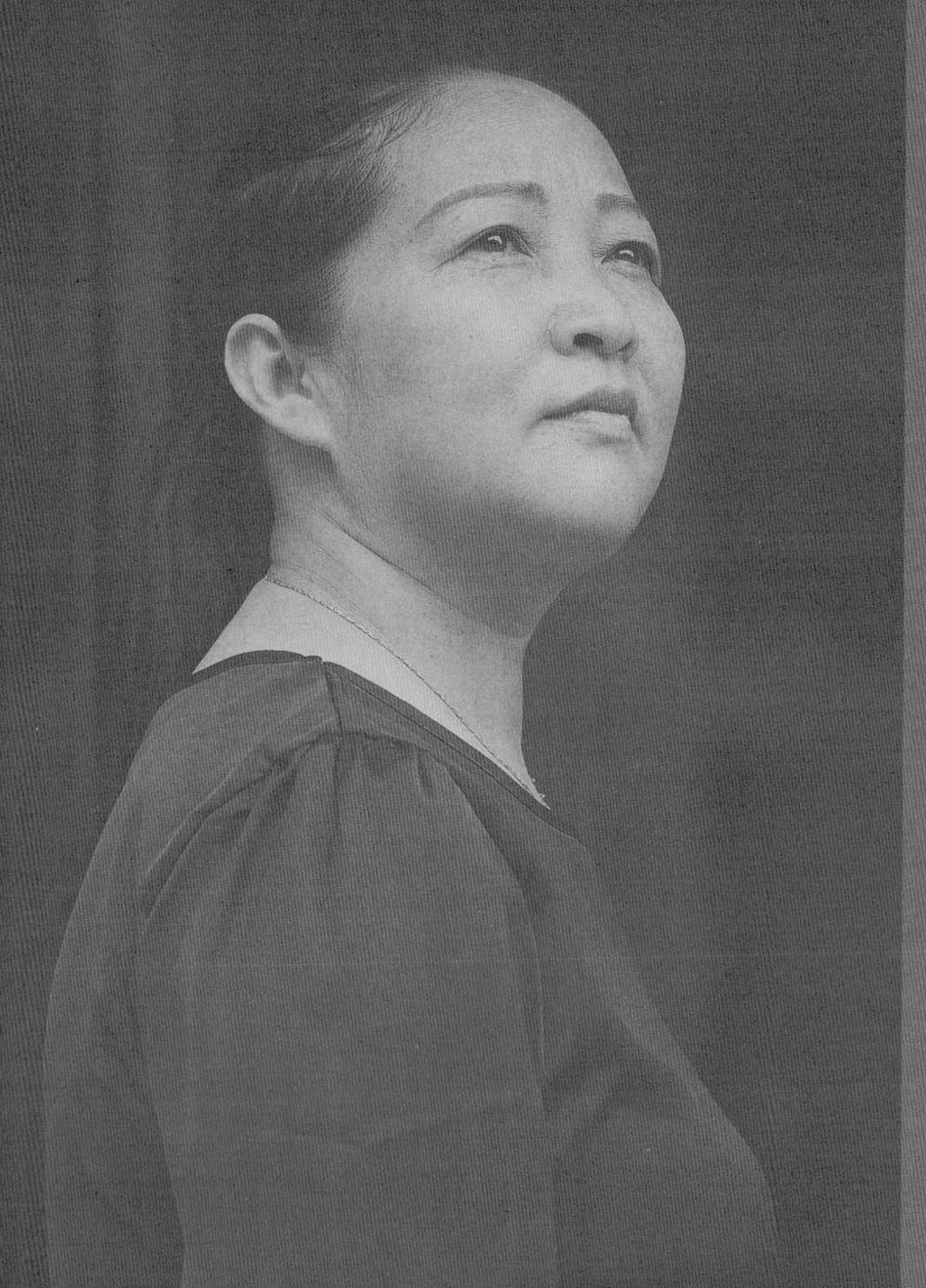

热爱生命

我再也不去想
明日阳光是否明媚
明日潮声是否悦耳
明日终究是明日

我最爱的是现在
天上飘些白云
风吹动了我的头发
光照在了我的脸上

我爱的人在我身旁
花香弥漫在空气中
海浪拍打在沙滩上
现在的每时每刻
才是生命最动人的时刻

张丽敏的诗

张丽敏,女,1992年出生,广东省深圳市人,大专学历。当过美容师,现从事电商。肾病时间3年,透析时间3年。

长翅膀的鱼:透友的诗

夜

四月的夜晚还有一丝丝凉意
站在山顶眺望万家灯火
其中也有属于我的一盏
红的，黄的，绿的……光
对抗黑夜
风中也有千言万语
我无法一一回应

南方的夜晚一如既往地热闹
三五知己难得相聚
褪下工作时的戾气享受自由
天上繁星
点点灯光勾勒这个城市的轮廓
横的，竖的，圆的……此时
属于我们独有的快乐

回忆

昨天医生说起诱导透析时
我想起第一次透析
陌生，迷茫，无助，担心
呼吸都颤抖

三年来除了伤痕
还结识了新朋友
大家没有健康的身体
但快乐，阳光，美丽
他们一点一点温暖
自卑的我

如今我也可以如常人
一样享用美食
享用爱
胳膊上的伤痕
就当作婚礼的烟花

致爱人

"我是多么幸运遇到了你
你是多么不幸遇到了我"

没有让你遇见健康的我
我愧疚又心疼

爱可以很简单责任却很难
说出口很简单持续却很难
至少现在我们都做到了

或有一天我将先行离开
你不要哭泣我把爱放在这里
窗外的雨滴答滴答
我对你的爱是这无尽的点点滴滴

如果有来生

希望我可以是一个健康的人
不拘于小小的透析机旁
自由地奔跑，快乐地喝水，放肆地吃肉
……
这一切不再奢侈

希望我还是刘先生的妻子
不再频繁出入医院
相爱相伴平淡幸福

如果有来生
希望做我妈妈的母亲
生命轮回一次
让我来给她全部的爱

——这些都太远了
我们该活好当下
珍惜身边的一切

大雨如注

突如其来的大雨
砸下来
突如其来的病痛打得我们措手不及
他说:"什么时候结束这煎熬?"
他说:"我们病了,但不是废了。"
她说:"离开家,为了家的体面。"
她说:"我会好好活,孩子需要我,妈妈需要我!"

"幸好我们都没有放弃……"
大雨如注
有人静静地等待

张霞的诗

张霞,女,1977年出生,湖南省岳阳市人,高中学历。现为药房销售员。肾病时间8年,透析时间8年。

完整

早出月儿高挂在天空
夜归月儿悄然走上枝头

满目灯火见证了这一路
踉跄的脚步

已在今日和解
过往的所有不惑
和自己的较劲
如今允许生活的琐碎
工作的不易
允许身体的不完整
这一场心灵的淬炼
让不完整的自己
越来越接近
完整

谢露萍的诗

谢露萍,女,1984年出生,湖南省邵阳市人,初中学历。曾是公司文员,现在是超市临时工。肾病时间12年,透析时间12年。

长翅膀的鱼·透友的诗

我的余生

我的余生很贵:
贵到可以让你银行卡上的数字变零。
我的余生很便宜:
便宜到两针下去,报销后结算为零。
我的余生很忙:
上午看病下午去上班。
我的余生很闲:
闲到可以从早上躺到晚上。
我的余生很开心:
开心的就是今天又安全下机了。
我的余生很烦恼:
烦恼的事情总是那么一件,
今天血压又掉了,又要回盐水。
我的余生时间不定,
趁现在做好每一件事,
再回头也没有遗憾。

冯光亮的诗

冯光亮,女,1984年出生,湖北省黄冈市蕲春县人,大专学历。曾是公司出纳,现为打杂助理。肾病时间9年,透析时间9年。

长翅膀的鱼 · 透友的诗

控水

一口很少
少得来不及回味你的甘甜
一杯很少
少得来不及品尝你的香醇
一桶很少
少得无法满足我的贪念
全部的你也不够
怎么可以让我只拥有一滴

总是在遥望你时才会
焦渴如焚
总是在失去你时才知道
你的独一无二
如此，请不要再夺走我对你
面对面的思念

郑小丽的诗

郑小丽,女,1989年出生,广东省河源市人,初中学历。曾是工厂职工,现无业。肾病时间8年,透析时间3年。

长翅膀的鱼 · 透友的诗

太阳花

重瓣，多色彩
趋光，喜暖
给它一片土壤
一点水和阳光
就狂野生长
我听见它对着虚无说话
看见它
纤细的枝条穿过漫长幽暗

它是单薄的
细小的
却敢用太阳命名自己

王连彩的诗

王连彩，女，广东省河源市人，2013 年患尿毒症，2014 年 6 月开始透析，喜欢跳舞、美食、徒步。2023 年 9 月去世。

雨

生命的际遇如万物演绎
如果说风雨是命中注定
我必须承受
为什么还牵带上我的儿子
他那么青春阳光
本该有美好的生活
可命运却将他和我一起淹没
在这病痛的池中
每天跟我一起徘徊在医院中维持生命
痛苦地在机器中轮回修行
如果这透析
能洗涤前世的因果
那么这辈子苍天就欠我一个公平
经年
我慢慢从哀痛中走出来
放下抱怨和伤心
忍受每一次透析的刺痛
儿子也慢慢地习惯生活
阳光快乐起来

我跟他说
活着就是最大的幸运
渡过难关
雨滋润万物
也考验生活
我从不说疼从不说苦
我知道
身上有大树般坚韧的意志
不管未来道路如何崎岖险难
不管生活如何困难
我始终挺直腰板
我用大树抵抗风雨
也许风雨后就能见到彩虹
每一次音乐响起
我跳起舞来
我要跳出我人生的委屈
和生命的疾苦
我用热情与执着
风雨中书写我的年华

王义娟的诗

王义娟,女,广东省揭阳市普宁市人,2005年因吃减肥药导致患尿毒症,开始透析,喜欢唱歌、跳舞,参加各项公益节目、手工制衣,以及胡杨林艺术团。2023年去世。

十六年"洗"旅

自从命运跟我开了天大的玩笑
自从上天给我种下鲜红的烙印
那以后改写了我的命运
风也好,雨也罢
活着就好

天还蒙蒙亮
闹钟当当响
意味着又一次的"洗"旅
十六年过去了
我依然坚持
年复一年
日复一日的"洗"旅
只要还能听到闹钟的响声
只要睁开眼还能看见朦胧的天空
活着就好

当医生把透析机
连接到我的身体
像放下千斤重担子般轻快
找回真实的自己
做回一个"完美"的人

忆起病魔差点把我生命夺去
水占据了我的身体
幸运的是爱人
对我如初子般呵护
孩子们恳求我
别抛弃他们
他们需要母爱
他们都说会乖乖听话
"我们不读书，把钱留下给你治病"，顿时
想活下去的信念涌上心头
我渴望和他们
在同一片天空下
同看一个太阳，同迎一片月光
道完晚安各自入睡
这一切温暖的想法
温暖的力量持续至终
活着就好……

02

无影灯·志愿者的诗

杨龙刚的诗

杨龙刚,男,1965年出生,吉林省长春市人,本科学历。曾经的职业为麻醉医生,现为深圳市某医院工作人员,宝兴肾友互助关爱中心胡杨林艺术团团长。2011年开始参加深圳市志愿者服务,目前服务时长1343小时。

无影灯·志愿者的诗

零零后小胖

团里有位摄像的小胖
医院购买服务的零零后
口袋里总插着个花哨本子
随时掏出来记下点什么
哼的歌我一首没听过
说的名词我大多不懂
小胖没事喜欢在图书屋站着翻书
外借了几次都准时归还
大概是哲学之类
费尔巴哈，维特根斯坦
"活着不是目的，
好好活着才是"什么的

那天阿辉做透析
小胖跟着去拍视频
回来和我说心里难受
镜头里阿辉被透析机吃掉
蜘蛛怪似的管道缠住他
吸呀吸呀吸成一张白纸
阿辉不挣扎也不逃跑
微笑着躺在那里看天花板
他实在拍不下去
想找地方哭一场

无影灯·志愿者的诗

我随口和小胖开玩笑
说你想哭别掏小本子
你在我这儿哭一场
我保证不说出去
小胖真的哭了
站在那儿肩膀一抽一抽
然后转过身放声大哭起来
好像失去了一件重要东西
我傻了眼
只是随口说说
哪知他来真的
我想那些哲学书里
有什么哲理能安慰他
我总不能告诉他
团里有 92 个阿辉
区里有 2178
深圳有 9541
省里有 91624
全国有 130000000
地球上有 850000000
他真这么哭哪里哭得过来

我坐在那儿听小胖大哭
打算等他哭完再叮嘱他
下次拍阿辉一定要拍完
那样他就能在镜头里看到
白纸似的阿辉慢慢爬起来
微笑着去透析机边穿鞋
微笑着饮一小口矿泉水
慢慢移到血透室外阳光下
去市场买鸡蛋菜心胡萝卜
回家给妻子炒河粉
妻子吃着炒粉冲阿辉笑
小胖拍完这段就不会哭了

专车

无影灯·志愿者的诗

每次去团里活动都坐专车
就我一个
凌晨街上车辆稀少
司机打着哈欠，潇洒地抡方向盘
我靠在后座，也打哈欠
我唱歌，站在草原望北京
跳圈圈舞、水手舞、马刀舞
歌声悦耳……

哎，醒醒，司机叫我
别睡了，到站了
穿过宠物医院广告下车
刷卡，八个站折后一块六
我下车。一个小伙儿上车
挎沉重工具包，啃着硬面包
还有睡眼惺忪的中年妇女
一手一只烫手的早餐铁皮桶
脖子上挂着付款码
手机夹在脸和肩膀之间
冲电话那头喊
别哭，先办住院手续
电话挂了我就打钱，别哭啊
……

车开走了，今天休息日
没有上班高峰

心愿

84 岁的李大哥和 82 岁的老伴
过了金婚
四十几年前来深圳的老建设者
李大哥技术杠杠的
所有类型的汽车都修过
他是艺术团年龄最大的
每个活动日
夫妻俩总是第一个到艺术团
朗诵、合唱他俩都很努力
跳舞环节李大哥一个人静坐着
看老伴在团友们当中起舞
四世同堂的李氏家族
每次艺术团活动的照片视频
老伴会发在家族群里
夸赞一片
那天李大嫂说李大哥早上起来说话不清
提不了裤子,刷牙吃力
我见到李大哥的时候
他嘴角抽搐着好像要说什么
去医院,降颅压,控制出血,控制水肿,维持

无影灯·志愿者的诗

透析……
我去医院看望李大哥
他依旧眯着眼睛，露出熟悉的笑脸
不紧不慢拉着我的手
嘴里努力说着什么
我把耳朵贴近他嘴边
原来是去年一个约定
他有个心愿，想请我吃饭
说过几次，我都搪塞得很圆满
但这次我满口答应
用力点头，点头
……

对了，李大哥和雷锋同年
和他同年的还有贝利和李小龙

志愿者吴老师

志愿者吴老师
眼睛不大
笑的时候一条缝
估计怎么努力睁都没用
或许命里注定这双小眼睛
要努力看清这个世界
要聚光到胡杨林小小的点

他为团友拍照片，摄影棚里
他和每一位团友交流
谈吐不紧不慢
问题不高不低
拘束的团友仿佛遇见
前世亲人
他和团友们聊天
聊快乐童年
甜蜜初恋
病痛感受
割裂情义
生活折磨
人间偏见
人生失去
生命拥有

无影灯 · 志愿者的诗

他问团友热爱和喜欢什么
有过多少亲吻
知道亲人的体温吗
绝望的自杀心情
上次拥抱异性和家人的时间
问他们的未来样子
对光明和快乐的想象
他和他们一起流泪
毫不掩饰地抽泣
后来团友们
拿到自己的照片
他们惊喜地问别人
照片上是我吗
我怎么从来没见过这样的我

志愿者吴老师
眼睛不大
流泪的时候一条缝
他不好意思地抹去泪水
他说他要努力看清世界
要聚光到胡杨林小小的点

听,就完了

其其格玛
不要在安达组合里听她的歌

一个人
安静地
闭上眼
走入鄂温克的《东泉》
生怕错过每一个
天籁般
美丽的音符
它们让人想起
额尔古纳河
白雪皑皑
一排排桦树
驯鹿啃食苔藓
河水无声流淌
不要说话
不要发出声音

连襟

二十世纪九十年代
医院夜班总不让人消停
多数是争地盘群殴
一群燕子没头没脑在街上飞
双方浑身是血送来抢救
那天也是
一台肠梗阻刚做好推出去
一台腹内出血推进来
手术通知单上写着
36岁，男
暴力致伤，剖腹探查
通宵手术是常事
来吧，习惯了
和家属交代麻醉知情
得知是手足般的连襟
喝酒喝急了眼
小连襟火力旺
照大连襟后背一脚

剖开腹腔确认十二指肠断裂
暴力使脊柱撞击导致
外科医生都知道
术后很难渡过瘘这一关
人需要引流减压
肠也是，闹不好就炸

七天后的早上
外科那边传来一片哭声
小连襟抱着大连襟喊
哥呀哥
咋让我把你给送走了
妹妹跺着脚哭号
惊惶地看傻了眼的姐姐
和一脸蒙的双胞胎外甥
好像不知该拿这事怎么办
傻了的姐姐不知发生了什么

多年后在街上
看见一对流浪猫掐架
我过去蹲下身子对它俩说
挠挠得了，别伸腿
重点别觉得谁的命硬
谁命里都有过不去的瘆
要是还想一起玩
爪子放兄弟肩上
搂着，说话不说话都行
走出很远回头看
两只流浪猫不掐了
它俩蹲在马路牙上看我
好像听懂了

某年某月某日

无影灯·志愿者的诗

那天晚上暴风雪很大
你撕心裂肺喊叫一声
我像一粒雪珠子跌落在大地上
风雪中我号啕大哭
你哆嗦着把我塞进羊皮口袋
你生下我时那声喊叫
和我大哭的声音
吓跑了五公里外
想来找羊群玩耍的狼群
吓走了暴风雪
我在满天的星星中睡去
那是某年某月某日

会唱歌遗传自你
我亲亲亲亲的额吉
你用忧伤的乌珠穆沁长调
把额尔古纳河唱得柔情如曲
让我爸醉倒在你的毡包里
一群过路的猎人不走了
汉子们坐在草地上拉着马头琴
他们的骏马不知去了何处
你把我丢进雪球般滚动的羊群
让我学会哭，学会笑
学会在草原上和野兔赛跑
学会向白云下的金雕呼喊

赞美银色的盐巴
牛粪火煮熟的手把肉
摔跤，射箭和赛马
赞颂河流、天空和生命

长大后我来到南方工作
随我南迁不久你变了
人们嘲笑你的北方口音
你从此闭上嘴，不再歌唱
眸子里的光亮渐渐熄灭
某年某月某日，你回到家乡
回到蓝天白云下牛粪火堆边
欢天喜地去找回乡情乡音

某年某月某日，你走了
我的姥姥你的额吉接你走了
我是那天唯一喝醉的男人
是以后的日子，只要张嘴唱歌
就会泪流满面的男人
亲亲亲亲的额吉啊
多想某年某月某日
暴风雪再下一次
你再撕心裂肺喊一声
我号啕大哭
像一粒雪珠子跌落大地

我的思念长出果子

妈走了,老妈走了
我休探亲假回北方看她
回南方第七天,她跌了一跤
骨折,然后……
姐姐说她走得安详
没有痛苦
我怀疑姐姐骗我
我总觉得老妈还在
梦里老听她念叨我小名
手术疲乏时她也叫
下班做饭时她还叫
我猜她在哪儿躲着
就算走,也没走远
不然不会老叫我
她最后两年不认识我了
她说你是谁
大龙才是我儿子

我给姐姐打电话
问老妈是不是和往常一样
没完没了和她说
做饭吧，吃饭吧
吃完给你弟弟打电话
我说姐你别骗我了
那天晚上我梦见妈
她在时间的圈子里跳舞
跳一次变成
我的一件衣裳
跳一次变成
我屋里的炉火
后来她变成高大的蒙古栎
大树下
放着她给我做的饭菜
大树上
挂着我的思念长出的果子

他是谁

他们一个 20 岁,一个 18 岁
20 岁的他说,给我手机
18 岁的他说,不
20 岁的他用 5cm×1cm 的刀子
插入 18 岁的他的心脏

躺在手术台上的 18 岁
赤条条如同一张薄纸
心包突突如泉眼
涌出血液
我满身血浆
用麻醉药让他安静
他安静了
监护仪努力工作
他再也没有醒过来

据说 18 岁的他
睡过去第三天
他的妈妈自尽了
过了些日子
20 岁的他的妈妈喝了农药

她不想听见山谷里
那声清脆的枪响
不想看见 20 岁的灵魂
瞪着迷茫和愧疚的眼睛
从空中回头看她

他们一个 20 岁，一个 18 岁
他们来到另一个世界
拥有同一个妈妈
20 岁的他睁开眼睛
看到 18 岁的他
他问妈妈，他是谁
妈妈说，你兄弟，18 岁
明天他生日，你当哥哥
送件礼物给弟弟吧
20 岁的哥哥想啊想啊
他想送自己的生命
但他没有生命了
他想起了什么
害羞地说，手机

无影灯

手术室
无影灯如星辰
见证着发生和结果
手术刀闪着寒光
切开皮肤、皮下、肌肉、骨膜
血管、神经、胃肠道、心脏、深部组织……
手术医生的手
冷静,果断
刀片飞舞

麻醉醒来
无影灯向晨曦
他们笑了

有遗憾、无奈
他们在灯下告别
把生命送入另一个世界

无影灯关闭
使命完成
开启
又一次的奇迹与希望

陈烨的诗

陈烨,女,1968年出生于新疆,上海市人,本科学历,从医三十余年。曾荣获"广东省先进个人""南粤好医生""深圳市优秀党员""巾帼文明岗"等称号。

无影灯·志愿者的诗

水

水,一清二白
可以沉降
可以升华
入阀
入表
入喉
入血
一层层洗
一层层往里去
跨越边界
入黏膜
入组织
入细胞
涌动,澎湃
击起的回音
起伏着
歌唱着

宁静

松土栽苗,细闻花香
拾淡淡书页,走林间小径
听风中鸟鸣,水底鱼歌
观山峰云绕,石旁草青
慢慢行
过独木小桥,寻一方宁静

黄钰嫒的诗

黄钰嫒，女，1982年出生，广东省揭阳市人，专科学历。职业护士，现为深圳市某医院员工、宝兴肾友关爱互助中心工作人员，兼深圳市图书馆宝兴图书服务站管理员。2016年开始参加深圳市志愿者服务，目前服务时长1143小时。

无影灯·志愿者的诗

他说

他说,他很累也很痛
但一定会活得阳光
他眉间舒展了
家人就能放心安心

他说,他很无助也很无奈
但一定会活出尊严
他是家庭的支撑
他垮了,家就垮了

他说,死不可怕
可怕的是把责任丢了
心里有放不下的牵挂
这轻与重,如芦花和礁石
轮番从心头碾过

他说,为了家人和亲人
必须活出人样
每一天睡下他都发誓醒来
每一天醒来他都是全新的
就像礁石召唤大海
就像芦花返回人间

护士日记

11 点 30 分，他们陆续从四面八方赶来
妻携夫，夫送妻，女搀父，母推子
有一对闺密相伴，身后飞舞一只蝴蝶
一位大哥只身拄杖进门，把手上悬挂手机
刚下夜班的，赶紧洗手吃打包的热肠粉
指标异常的，和值班医生讨论病情
上次透析斗过嘴的，见面嘻嘻哈哈拥抱
其他人聊天，候诊区里突然多了好多家庭

我和同班护士为他们称体重，量血压
计算水量，清洁手臂，答复问询
钟哥说这两天情绪不稳，血压有点低
内瘘颤动不强，请医生用 B 超看看
李姨说老伴这两天追《以家人之名》
有点感冒，水喝多了，今天过来加透
旺哥说昨天过节，子女们回来了
一家人食大餐，代谢负担也上来喽

12点20分,拥有多年透龄的苏大哥喊
时间到喽,登机啦,登机啦
我按动遥控器,厚重的玻璃门徐徐打开
他们提着行李袋,礼让有序,互敬互助
迈着坚定的步子走进蓝色治疗区
看着他们的背影,望着他们牢牢握在一起的手
窗外没有风,但树梢动了一下
他们轻声细语的叮嘱
是患病后家人和爱人的不离不弃
他们一遍遍说要活下去的念叨
玻璃门徐徐关上,那里有一片蓝天
一次净化、新生和希望旅程的开始

血液净化中心交班日记
某年某月某日,值班护士黄钰媛签名

馕

医院对面有家大西北烤馕店
老远走过就能闻到烤馕的香味
我爱芝麻馕，它像古老的黄金盘
中间如湖泊薄脆，边沿如沙丘绵软
细嚼慢咽，芝麻奶香弥漫舌尖
软糯的暖意给人一天的安慰
有位营养师朋友
他告诉我，烤馕健脾养胃，补充元气
我信他的，曾经一度拿它当作零食
伴着奶茶或肉汤，别提有多美

后来我留意到透友阿黄，他也吃烤馕
透析时总拎着食品袋，袋里装一个馕
馕放在头边，和他脑袋差不多大
他慢条斯理，一块块掰着吃
血泵里流动的血，好像被他的咀嚼催动
四小时后下机，馕和血液毒素都没有了
我想他和我一样，用馕做美味零食
直到有一天，他上机时没带馕来
我问他，他说今天没钱吃饭
我才意识到，馕不是他的零食

营养师朋友告诉我很多
大西北美食和人的性格的关系
他说喜欢吃大盘鸡的人,性格笃定
喜欢吃烤肉串的人,自信豪爽大方
喜欢吃手抓饭的人,有交际能力
喜欢吃烤包子的人,具有冒险精神
喜欢吃肉架骨的人,凡事爱大包大揽
喜欢吃油塔子的人,大多热情开朗
他说,烤馕最大特点是给人饱腹感
喜欢它的人,性格偏向坚强和沉默

傅书衔的诗

傅书衔,男,2000年出生,江西省新余市人,本科学历。摄影师,深圳宝兴肾友互助关爱中心工作人员。

无影灯:志愿者的诗

清明

清明宜打扫
打扫岁月磨砺出的灰尘
打扫生活滤出的残渣
打扫打扫
点上一炷香
托人运走埋掉
它们会重新变成土壤

清明宜栽种
种一架萌动的瓜或豆
种大片闹腾的杏花
栽种栽种
雨水阳光来自天上
种子来自我心

勾婵的诗

勾婵,女,1985年出生,安徽省淮南市人,本科学历,现在是一名护士。

无影灯·志愿者的诗

下班

红绿灯，喇叭声，外卖小哥
车窗，晚风
又一天快结束啦

数一数这世上美好的事物
路上的夕阳
家里的灯光
还有橘色灯光下的
母亲和孩子

马睿诗的诗

马睿诗,女,1993年出生,安徽省亳州市人,硕士研究生学历,现为深圳市某中学语文教师。2022年开始参加深圳市志愿者服务,目前服务时长126小时。

无影灯·志愿者的诗

忘记晾晒的衣裳

忘记晾晒的衣裳
囚禁在洗衣机里
慢慢生出霉菌
失去四季的质地
想做敞亮的人不容易
即使渴望奔跑携带自由
即使稔熟洗涤宝典
去渍皂和除螨液
内衣净和柔顺剂
知道幸福经过洗礼后
晾晒比去污重要

常常忘记一些事情
子时闺密圈的承诺
出门前暗自发下的毒誓
挫折中与未来的约定
它们被闭锁进心房
重返黑暗时代
不喜欢心灵淹没在
潮湿和黑暗的河床下
哭泣着假装干燥
岁月在忘记晾晒中轮回
等待毒性发作
等待下一个雨季

风

风抓起天空的头发
眼睛发出赞叹
说白的比黑的好看

绕了绕
红毛线
踮脚跳起芭蕾
听导航
又推开一道门

月光与灯笼

溪水
照着月光
灯笼
圈住了心跳
最后一班车
把爱情送回了家

静夜里
眼睛睡了
心醒着
漫无目的想着谁

黑夜

我怕光亮
它让我无处躲藏
我爱夜
黑暗中不会有影子
镜子不会照出自己的模样
黑夜绵延
一切色彩都看不到
我的血液
我的经脉
我的骨骼
我的呼吸
甚至我的心
也变成了黑色
我融化于黑暗中
变成了黑夜

雪晴

西风
吹皱雪花被
屋檐
滴落漫天无根水
暖阳不暖
银装褪色
残雪
在脚步中凌乱
雪水
有自己的轨迹
各家匆匆
收拾雪景
阳光
白着脸捉迷藏
飞鸟
突然惊吓到飞起
年味无味
爆竹不响

彭华玲的诗

彭华玲,女,1973年出生,湖北省武汉市人,高中学历。曾从事企业文员工作,现退休。2016年开始参加深圳市志愿者服务,目前服务时长44小时。

无影灯·志愿者的诗

我只想

我只想
你们都过得很好
难过时
做做美食
我只想
你们开心一笑

当你失落的时候
一个人安静
我不会轻易打扰

当你孤独
希望有人陪伴身边
我会是那个懂你的人

我只想,你的缺失
用阳光来弥补
我只想
你拥有内心的暖意
我只想
你们都过得很好

03

诗是这样写出来的

金不换

——来自诗歌群的一段对话

古艳霞 / 黄春玉 / 林晓辉 / 邓芷仪

街边有一棵金不换,躲在旮旯角没人注意
阿欣路过时看见了,在群里 @ 阿辉和阿华
问他俩要不要金不换,明天拿给他们种
阿辉说要,阿芷说她也要
她说我把它种到街上去,非把它种活不可
她说我还要种田螺,我想天天吃田螺
阿芷还想到蹦迪摇滚去跳舞,把舞种在那儿
还想去求水山顶看着白云发呆,想得扎心
阿华没有回复阿欣。阿露读过阿华的《风如刀》
知道阿华上过家山后难过,阿露在群里 @ 阿华
说我们老家,家家户户门口都有种大朵的栀子花
清明节栀子花正是时节,离开的人也能闻到

金不换是三七的别名，李时珍取的名
李医生在《本草纲目》里说
人参补气第一,三七补血第一
群里的人不需要补血，他们需要换血
每两天换一次血，他们换了很多年了
三七是多年生草本，群友们病史最短也有几年
三七老茎残留的痕迹，没有大家胳膊上的瘘醒目
三七生于背坡林荫下，群友们习惯了冷落和遗忘
三七性平微苦无毒，群友们天天和尿毒症搏斗
三七根茎直立，群友们不透析时也努力挺着腰
三七根茎短，群友们爱计划长长的日子
三七花期在夏天，群友们憋着劲等待夏天
他们想变成植物，好好开一次花
他们想开成金不换，他们喜欢金不换

有一天阿辉突然在群里留言，他说有一小棵活了
他没说谁活了，大家都知道他在说谁

诗是这样写出来的

——透友诗歌微信创作群"如果有来生"
话题群聊实录

杨龙刚：
  如果有来生
  我只想化作清泉
  在父母经过的路口
  让他们捧上一口
  当以清泉报浊泪

杨龙刚：
  小华的文字很棒

刘小华：
  @ 杨龙刚 我本不想悲伤！只想快乐！可是……

杨龙刚：
  @ 刘小华 很多人用文字表达内心的时候，
  久久不能自拔，总会在感情的旋涡里。

朱显仲：
  @ 杨龙刚 @ 林晓辉（表情）[点赞][点赞]
  [点赞]

朱显仲：
  我也要交作业了

林晓辉：

像老人家一样，向往自由

作者 朱显仲

冬去春来

人们常说老人家过了冬天

算是又熬过了一年

年少不知其中意

唯有经历唤醒人

冬去春来

万物复苏

血管里的血液流淌开始变得顺畅

像大树得到营养的浇灌

通过根的吸收

慢慢地爬到各个枝干

像春归大地的小草开始发芽

一切生物显得又有活力了

多年风雨熬煎苦

回首往昔意阑珊

次次的辗转

次次的失眠

次次的患得患失

一次又一次寻医路上

喜欢冬去春来

家乡的垂柳树

而身体更喜欢南方的黄花风铃木

喜欢北方的忽如一夜春风来，

千树万树梨花开

而身体更喜欢南方春末夏初三尺雨，

暑阑凉早十天晴

我想化作一团白云

随风漂流去世界的各个地方

那里一定是人们向往的自由世界

杨龙刚：

　　喜欢冬去春来

　　家乡的垂柳树

　　而身体更喜欢南方的黄花风铃木

　　喜欢北方的忽如一夜春风来，

　　千树万树梨花开

　　而身体更喜欢南方春末夏初三尺雨，

　　暑阑凉早十天晴

　　我想化作一团白云

　　随风漂流去世界的各个地方

　　那里一定是人们向往的自由世界

　　一南一北（表情）[点赞]

杨龙刚：

　　忽如一夜春风来，

　　千树万树梨花开

　　春末夏初三尺雨，

　　暑阑凉早十天晴

杨龙刚：

　　喜欢

朱显仲：

　　（表情）[抱拳][抱拳][抱拳]@ 杨龙刚 谢谢

彭永忠：

　　牵手

　　如果有来生，

初夏,
与她牵手在海滨栈道。
习习的凉风,
带着一丝丝海水的韵味,
漂洋过海地吹来,
亲吻着漫步在栈道上的一对对情侣!
海边的黄昏格外地迷人。
有几只海鸥站在停靠在海边的小渔船上,
悠闲悠闲的。
我和爱人在海边栈道的长椅上,
相互偎依,聆听着大海美妙旋律。
如果有来生,
但愿继续拥有如此美好的时光。
如果有来生,
我愿化作这风,在你需要的时候,
撩起你的秀发,
轻拂你的脸。
如果有来生,
我愿是大海的浪花,
缓缓地敲打岸边的岩石,
弹奏出一曲曲美妙绝伦的旋律!
如果有来生,
我愿化(作)这长椅,
不管刮风下雨,
在这里,
静静地等待着你的到来。
如果有来生,
我将是你所需的一切,
来弥补我今生对你的亏欠!
朋友!如果有来生,你想做的又是什么呢?

彭永忠：

吴老师布置的作业，算完我了哈（表情）
［微笑］

杨龙刚：

如果有来生，
我愿化（作）这长椅，
在这里，静静地等待着你的到来。
……要当着妹妹的面去朗读给她听，会更有味道。

彭永忠：

（表情）［偷笑］

杨龙刚：

@ 彭永忠 阿忠的爱情叙事诗，写起来得心应手。初中时期到现在，敬佩

彭永忠：

@ 杨龙刚 团长，吴老师的《如果有来生》题目题材很广，大家尽情地发挥

彭永忠：

@ 杨龙刚 更加触动心弦的还没上场

杨龙刚：

等待中！

彭永忠：

化作（上面漏了一个字）

邓芷仪：

@ 马睿诗 马老师：下午好，今天的伙伴们都很棒，你可以出来收作业了（表情）[拥抱][拥抱][咖啡][咖啡]

邓芷仪：

今天我们都棒棒的，加油！灵感来源多写写

马睿诗：

哈哈哈哈，哇，这两天创作欲爆棚，质量又高（表情）[赞][赞][赞]

彭永忠：

@ 邓芷仪 来生的你，可以是万能的。

杨龙刚：

如果有来生，

我愿是一颗颗竹笋，

高温下和腊肉在一起，

相互依偎，喂饱很多人的肚皮。

刘小华：

@ 杨龙刚 我也好喜欢！希望天天有竹笋吃。

杨龙刚：

小华的竹笋 + 小邓的腊肉 = 绝味

刘小华：

@ 杨龙刚 要等明年了！好好做几次给你尝尝！

古艳霞：
　　@ 杨龙刚 可惜我不敢吃笋，膝盖疼，吃了下楼梯都不能下了

杨龙刚：
　　古队可以不吃，我代劳

林晓辉：
　　@ 杨龙刚
　　如果有来生，
　　我要学会喝酒，
　　我要把老天灌醉，
　　然后把老天绑来透析，
　　让他试试活着的艰辛，
　　让他尝尝透析打针时的疼痛！
　　让他不能喝水，
　　他天天下雨，
　　却不知道我们看到水多么渴望！

杨龙刚：
　　哇，这语言好厉害

杨龙刚：
　　等我下次喝醉就和老天对话，把队长的话捎给他。

林晓辉：
　　好

马睿诗：
　　林队的这几句话，非常震撼人心

杨龙刚：
　　林队的每一句话现在都很有分量，一打开，就是诗歌一首

马睿诗：
　　林队的诗人地位已经坚如磐石

林晓辉：
　　@ 马睿诗 我现在都没灵感

林晓辉：
　　你看团长越写越好

杨龙刚：
　　保持说话就是灵感

杨龙刚：
　　偷偷学习队长的写作方式

杨龙刚：
　　这叫偷艺

马睿诗：
　　团长说得对，保持说话就是灵感

梁辰：
　　愿有来生
　　喜儿
　　我愿化作一滴雨水，
　　掉落在浩瀚的大海里，
　　和海里的美人鱼姐姐一起玩！

我要牵着她的手，
在深蓝色的海洋中自在地游来游去……
有五彩斑斓的珊瑚群，
还有奇异的海马爸爸正在扑通扑通地生着小宝宝……
还有会发光的小章鱼……
在深海里，犹如一个个小小的光点……
还有各式各样的海底小精灵，
有海豚，有鲨鱼，还有八爪鱼，
玩着玩着，就累了。
一切都是那样不可思议！

彭永锋：
让龙王爷知道知道人世间有@透析这个词语，也叫尿毒症

林晓辉：
如果有来生，
我愿化作一台透析机，
每天跑你家去给你做透析，
让你少受风吹日晒，
让你随便吃，使劲喝

刘小华：
@林晓辉 上次我记得你说过！要做一只花蝴蝶！看到哪里的花漂亮就去亲一口啊！

林晓辉：
@刘小华 是霞姐

林晓辉：
她没说亲一下，她说围着花跳舞

林晓辉：
　　@ 刘小华 花心

彭永锋：
　　如果有来生，
　　我愿成为歌唱家
　　再与艺术团相知相遇！
　　与杨团长、黄老师联手
　　将艺术团的舞蹈歌声带上春晚！
　　让大家知道深圳龙岗宝兴有个民间艺术团

刘小华：
　　@ 林晓辉 是你说的好吧！霞姐说变成一只小鸟！

林晓辉：
　　我要做一名炼丹师，
　　制作仙丹治好我们的病。

杨龙刚：
　　哇

杨龙刚：
　　喜欢

林晓辉：
　　如果有来生
　　江水平
　　如果有来生
　　我想变成一朵云
　　在蔚蓝的天空自由自在地飘游

享受每一个晴天的温暖
如果有来生
我愿化为一阵风
吹遍大地每一个角落
让大江南北绿草如茵鲜花盛开
如果有来生
我要化作一场雨
洗涤我们身上所有的病痛
愿大家来生都拥有健康的体魄
如果有来生
我愿化为一片海
让我的每一滴汗水都化作浪花
在每一个清晨和黄昏抚慰来海边踏浪的人

张丽敏：
写得好好！

邓芷仪：
身心体会！加油！平姐

刘小华：
如果有来生，我想学会七十二变

江水平：
@张丽敏 @邓芷仪 谢谢美亲们的赞美和鼓励哈

林晓辉：
如果有来生
黄育旺
笑也笑过了

哭也哭过了
随着被尿毒症困住
年复一年，日复一日
重复血透使我信心受到严重的冲击
对余生产生了迷茫
不要想我了
不要为我牵挂
该想的，该说的，该拥有的，
该放下的就放下吧！
身体上痛不算什么！
心里的灵魂总想冲出来，
放声呐喊：我要自由！
想想如果有来生
我能做什么？
我什么都想要
想要过我想要的人生
如果有来生
像风一样自由，
无处不在
像大树一样坚强生长，
不向一切环境低头
像阳光一样
照耀着美好未来
如果有来生
希望这世间没有病痛
没有战争
让我们来到这个空间
走完幸福人生旅程

高光美：
　　@江水平（表情）[赞][赞][玫瑰]

江水平：
　　很多友友的《如果有来生》都写得特别生动美好（表情）[赞][赞]

杨龙刚：
　　小江只要挖掘就有美文出现

杨龙刚：
　　阿旺兄弟（表情）[赞][赞]

杨龙刚：
　　如果有来生
　　我愿做盐湖
　　取之不尽的盐巴
　　让烤肉串
　　炒田螺
　　拍黄瓜美味大增

杨龙刚：
　　如果有来生
　　我愿做一堆堆晾干的牛粪
　　用大锅煮着手把肉肚包肉
　　让成吉思汗吃饱疆场厮杀

林晓辉：

如果有来生

我愿成为一棵植物

作者 高光美

如果有来生

我愿做个哑巴

如果有来生

我愿做个傻子

如果有来生

我愿做棵植物

植物的生活虽然没有声音

但每一天都在努力生长

就像我一直在努力生活

即使不能行走

我也要让我的生命绿意盎然

我要变成一棵傻傻的植物

没有烦恼

没有忧愁

植物也有生命

植物的世界

是风的轻拂

是雨的滋润

是阳光的温暖

是土地的拥抱

邓芷仪：

如果有来生

世界没有病痛

无灾无难

家庭幸福

黎平华：

如果有来生

愿做一把"万能钥匙"

为人的幸福开所有心结

江水平：

（表情）[赞][赞][赞]

江水平：

哈哈，谢谢团长的鼓励

志愿者手记

马睿诗

　　深圳的雨很有特点，说下就下，一下就很久。

　　2024 年的雨从 3 月下到了 6 月，回南天与龙舟水，红色暴雨和台风，这些与水相关的天气总让我想起胡杨林艺术团的透友们。雨水滴落，喉咙干了，渴了，抓起桌边的水杯咕噜噜喝下去，一饮而尽，如此畅快。但喝水对透友而言却是奢侈，除了饮用水，他们还要避免摄入过多含水分较高的食物。深圳多雨，常有忘记带伞的时候，有时候躲在人家屋檐下，有时候冒雨冲出去。偶尔也会遇到热心的人，在突然袭来的雨中问你，要不要同撑一把伞？互助与雨也有了联系。

　　2020 年，一场晚会，我听到了《相信未来》的另一个版本，一个可以说质量并不高的版本，因为这个朗诵既不契合舞台的美感，也不符合朗诵的标准。但就是这歇斯底里的呐喊，让很多人看到了他们，看到了他们身上的文字，以及手臂上的伤痕，那伤痕就像一拳打碎的镜子，开出了花。不知道我们的这次相遇是他们的第几次表演，直到现在，他们在台上朗诵的场景依然历历在目。他们穿着胡杨林艺术团定制的文化衫，白色与蓝色相间，具体是什么图案我也很难形容。他们脸上化着妆，显得气色很好。舞台背景图是他们艺术团的日常活动记录，有跳舞的，有一起吃饭的，有做义工服务的，还有一些很有趣的抓拍，虽然像素不高，但舞台上的脸庞为这些图片做了生动的注解。

　　胡杨林艺术团已经成立九年了，其中，除了团长杨龙刚与黄燕敏是医护人员，其他的都是尿毒症患者，他们被称作"透友"。九年来，艺术团给透友的生活增添了色彩。每周日透友们在艺术团唱歌、跳舞、朗诵，分享美食，聊着家长里短。杨龙刚团长是一个有花臂的麻醉医生，但他的花臂应该是用来震慑病魔的。他更多的是用悲悯的眼神注视——观察手术室，观察病房，观察医院门口的脸庞。他写下了一首首关于疾病、关于手术室、关于人生的诗歌。

　　与胡杨林艺术团因一场晚会相识，而诗歌让我们结下了更深的缘分。2020年，透友们开始学习写诗，了解到透友们的文化水平，我的诗歌教学就变成了作文教学。我把给学生上作文课的教学设计找出来，改了改，从"五感"到"情理"，用大白话、大俗话讲着最文雅的诗歌。我们写诗，一开始漫无目的地写，写自己看到的、听到的、想到的……

　　彭华玲写过《致我的牙》："你的一根神经牵扯我的整个身躯/站也痛/坐也痛/哭过/痛过/却无法对你割舍。"林晓辉队长的《活着》从透析写起："两条不相交的血管/因为生存融合在一起/此后/这世界上响起另一种生命的跳动/伴着嗡嗡声。"王方园写了《我想有来世——献给母亲》："倘若真有来世/我依然选择你/让你做我的女儿/将这一世你为我的所有负累、委屈与苦痛/全部由我来承受。"透友们写了很多很多诗歌，但这些诗歌远远不能反映透友生活的万分之一。诗歌创作的本意是给他们的生活寻找一个寄托的点，在常规活动之外再找一个活动，让朗诵能有新的素材。透友们创作的诗歌让我看到了另一个世界，诗歌的另一种可能。每一个字，每一行句子，都是一个跳动的生命，都是一种我以往生活所无法触及的体验，在他们的诗歌中，文字绚丽或平淡已经不重要了，文字背后的生命意识与坚强不屈才是最感人至深的存在。

　　第一次诗歌课之后，收获了几十首诗歌作品，我们后续的诗歌写作课也就按部就班地开展。上课时，透友们听得认真，下课积极跟我交流，在课上我感觉到了他们对于未知领域的激情。他们很愿意尝试，而且愿意用诗的形式表达自我。一开始他们还有些羞涩，他们认为自己写的不是诗，就是些情感表达。张丽敏说："我不会写诗歌，我觉得自己写得很乱，我不敢写。"刘小华说："马老师，我想着那些开心的事，我不想写生命，我一想起这个病就难受到无法下笔。"廖燕浩说："老师我不会写，我文化水平不高，但是我可以说给你听。"他们有的白发苍苍，有的年轻力壮，穿着各色衣服，带着不同表情，当看到他们的作品时我努力想象他们当时的样子，但却有些模糊，反而是他们的诗歌作品在我的心底越来越清晰、深刻。

　　邓芷仪是一个特别坚强乐观的姐姐，她自己一个人在深圳打工，每次见到她，她都是笑着。她喜欢打扮，爱穿花裙子，也特别喜欢照相。后来吴忠平老师加入了义工团队，给大家拍照，吴忠平老师给邓芷仪拍得最多，邓芷仪说吴忠平老师圆了她年轻时的梦想。她的笑容越灿烂，她的故事就显得越残忍。邓芷仪的丈夫因病离世，孩子在老家由婆婆带着。她说现在孩子已经比她高很多了，但是她却不知道孩子是什么时候长这么大的。现在的她洋溢着笑容，把心事留在了诗中："现在 / 儿子长大了 / 月亮也都变了 / 还是喜欢 / 儿子小的时候 / 虽然穷点 / 至少 / 孩子还有 / 爸爸。"

　　石丹彤有一个日记本，她朗诵完自己的第一首诗歌后跑进了杨龙刚团长的办公室，她告诉杨团长自己有一本日记，是关于自己的孩子，那个一出生就被婆家抱走的孩子。她只能在日记中跟孩子对话，日记是她的精神寄托，也是她的孩子。她在诗中写道："一张尿毒症的诊断证明／撕碎了我的所有／之后的生活是复杂的／无味的，悲伤的／就这样结束了／包括我的婚姻／每一个难眠的夜晚／想念可爱的儿子／五年之前／回家是件幸福的事／因为有家可回／五年后家没了／我成了流浪者／彷徨在陌生的城市。"

有一个我不知道姓名的透友，我只在杨团长的只言片语中了解到他的情况：那位透友一个人在深圳透析，家人不让他回家，怕乡邻的眼光，怕影响其兄弟姐妹的婚嫁。在生命的最后时刻，他发出的信息是："杨团，救救我！"

他们没有办法长途旅行，每周三次的透析就像脖颈上的链条，已经深深锁住了他们的生活半径。他们没办法自由喝水，吃咸的食物都要为接下来的控水而发愁。他们的短袖遮不住胳膊上的伤疤，鼓起来的青筋是生命的通道，按压上去还能感受到血液在奔涌……每位透友背后都有一个故事，甚至是很多个故事，这些故事往往都带有血泪，带有无奈与绝望。有人被抛弃，有人被疏远，有人破罐子破摔，有人自己放弃了自己，拿自己的命去换钱。

在我给透友们上课之前，我不知道这些故事。当知道这些故事后，我觉得透友们更应该把诗写好。就这样，透友们以生活作诗，以故事入诗，将自己内心的感受表达出来。对他们来说，写作何尝不是沉重生活中的一种"放松"。他们写如果有来生，写透析，写馋，写初恋，写小时候，写荒废的老屋……

就这样，从 2020 年至 2022 年，整整三年，诗歌成了一根线，将我们系在一起。杨龙刚团长把透友们的诗歌编辑印刷，做成了一本"书"，名字叫《我们》，其中，有几位作者没等到这本集子印刷出来就永远离开了。《我们》是一本朴素的诗歌集，也是一本非虚构的故事集，是三年的创作成果，讲述着一个个透友的前半生。2023 年，在红棉文学奖的活动中，《我们》与他们被看到了。后来，DYG、YF、ZH、XF 等文学义工参与进来了，他们带来的不仅仅是诗歌创作的辅导，更是一种对透友诗歌的肯定。从那天起，透友们变了，他们对自己的文字多了自信，创作有了更多的盼头。他们期待着写 500 首，这样就能吃到杨团长承诺的烤全羊。他们期待着诗集能够出版，被更多人读到。从透友身上，我看到诗歌不仅仅是胡杨林艺术团带来的生活慰藉，它还能生发更多的希望。

　　DYG 老师说："对透友们而言，他们认识到自己的生命是审美的，是与众不同的，在诗歌表达时他们是自我的、自在的，是描述自己生命的美的。诗歌让他们自由地表达，有一次仪式化的结果，开在自己人生的意义上，开在社会的认同上，他们让我们对诗歌有了更深的理解。"为了让透友多阅读，开阔文学视野，进行创作储备，义工们对接了深圳图书馆，从一开始很多作家寄来书籍，到后来深圳图书馆在胡杨林成立图书服务站及公益书屋，透友们除了每周日的固定活动外，开始了大量阅读，这种阅读的氛围不仅仅在团里，也渐渐蔓延到了家庭中。

　　也不知道是从哪一天起，透友们以创作诗歌打卡为荣，大家畅谈自己对生活的理解和对社会事件的看法。林晓辉队长的炒螺蛳，黄春玉的豆瓣酱，邓芷仪养的那些花，还有最近深圳一直下着的雨……DYG 老师总是第一时间发现谁最近的创作有了新的变化，谁的语言表达有了诗的审美。XF 老师会点评透友们发到群里的每一首诗歌。他们唤醒了透友的诗心，并且认同他们，透友的创作热情被激发，截至 5 月，胡杨林艺术团透友的诗歌创作总量已经超过 500 首。

大多数透友的微信头像还是年轻时的样子，那个时候也许他们还健康，他们的微信签名往往跟健康、平安相关。在每周日的活动中，他们见面寒暄，谈谈最近的生活，只有胳膊上的伤痕是他们的特殊符号。从写诗以来，透友们见面交流时开始多了一个话题："你写多少首了？""你最近写的那首我仔细读了几遍，也让我心里很难受。""你别管其他的，写出来就对了。"艺术团活动中，坐着旁观的人少了，朗诵诗歌的人多了。透友们朗诵自己的诗歌，下面的听众会偷偷抹眼泪，这不再是《相信未来》，是书写自己的现在。

　　黄春玉写了一首诗送给了邓芷仪，她在诗中写道："她对我说／你若不勇敢／谁替你坚强／我的孩子／需要妈妈。"她说她要等芷仪在的时候读给她听。黄光争二十出头，喜欢边透析边吃馕，他说刚好下了透析机也吃饱了，一米七几的身高，只有一百来斤。他学着剪辑，跟着写诗，一如既往吃着馕，不是因为喜欢，而是因为便宜。他创作了很多诗歌，现在是《红棉》文学刊物的新媒体编辑。我在他们身上看到了诗歌的力量。黄育旺是被从死神手里抢回好几次的人，他最喜欢用白话朗诵《将进酒》，从一开始不敢上台，到现在沉浸在朗诵中，他是一个感情细腻的大汉。已经去世的王连彩最喜欢林晓辉队长写的《雨》，因为雨中的大树保护着小鸟，就像她与她的儿子。他们母子一起在透析，林队后来把这首《雨》送给了王连彩……很多很多故事都跟诗歌有关，无论是透友个人还是他们所在的家庭，一切都因诗歌而变得不一样。

　　DYG老师曾说，诗歌要从现实生活中来，但要取现实生活的深刻和滋养。诗歌有多种写法，一种写法是生活诗，没有华美的语言，没有抽象的哲学思考，没有辞藻的考究，甚至没有结构。但平实的语言下，有丰富的个人经历和经验，它们往往难登大雅之堂，却像空气一样被读者需要。如果没有诗歌，没有共情、鼓励与鞭策，他们早疼痛去了，孤独去了，伤感去了，烦躁去了。诗歌给透友提供了一种认知自己的梳理方式，一种和世界对话的表达方式，一种审美的、情感的和交流的语言能力，让透友们内心深藏的某些积郁水分凝聚成雨水，让透友们日常习惯蓄住的雨水突破惯常气压落下来，让珍贵的情感雨水滴落在大地上，流淌向人间万物，完成了一次生命意义上的思想和情感表白。

摄影义工吴忠平老师在胡杨林艺术团跟拍了很久，他想捕捉透友们最真实的状态。吴忠平老师说，透友们已经习惯了坚强，已经不知道脆弱是什么了，他们对着镜头笑，苦涩也带了一层积极乐观的盔甲。诗歌是他们内心最温柔的存在，他们用文字留下自己的脚印，写出了文学最本质的"真善美"，这是文学创作最质朴的原理——生活。

当透友们第一次开始创作，他们写自己，写生活。随着对诗歌认知的深化，他们开始写他人，写生活在这个世界上的生命。超脱小我，往前走了一步，往阳光、快乐、尊严上走，走到了诗歌的位置上去，向上、向远地关照他人与世界。未来的道路茫茫漫长，但透友们不再确认是否坚强，也不一定非要笑得灿烂。他们自由地表达，写出生活的真相。现在，他们可以真正地"相信未来"，只要他们还活着，只要还能思考，只要手中有笔，他们的诗歌就会继续。

摄影家手记

吴忠平

受D老师之邀，2024年春节假期结束的第二天，我加入文学志愿者团队，为深圳宝兴肾友互助关爱中心胡杨林艺术团的血液透析治疗患者们拍摄肖像。D老师告诉我，志愿者团队计划做一件事，为透析治疗患者们拍摄专业级别的肖像，让他们看到最美的自己，同时在活动室里布置一面漂亮的肖像墙，他希望我能完成这项工作。

正式进入工作前，我做了几天案头工作，以便了解尿毒症的情况。我特别查阅了医学界对尿毒症患者群体心理状况的学术介绍，以及社会学界对他们个人生活、家庭生活和社会生活的分析资料。案头工作让我知道，在长期治疗过程中，几乎每一位尿毒症患者都存在较为严重的心理问题，消沉、焦虑、抑郁，以及不得不承受疾病带来的内心压抑和社会角色转变冲突，因消极心态和情绪与家庭、社会、医护环境形成循环矛盾，学术界除了临床病理研究与探索，还重点关注患者精神心理的康复，对患者实施心理干预，改善患者心理状况，帮助他们获得社会支持，提高其生存质量。

开始工作的第一天，胡杨林艺术团杨团长和小黄护师带我参观了透析病房。明亮柔和的走廊两旁排列着大小不一的病房，一眼望去，大病房有二十多张病床，每个床头的左侧都立着一台巨大的透析机，机器上循环缠绕着透明导管，能清楚地看见滤管中浓浓的血液冒着泡翻腾着流动，机器带动着血色导管脉搏一样规律地抖动，有时发出的声响特别刺耳。

我的拍摄对象们躺在透析床上，由于肾脏功能的损坏，他们面部的皮肤干燥，皮下浮肿，呈现出明显的灰暗和苍白色，手臂上高高隆起的扭曲动静脉瘘伤痕斑驳，令人恐惧。第一次见到他们，我有点不习惯，不太敢正视他们的面孔，但又忍不住侧脸旁观。他们各自刷着手机，或者睡觉，脸上没有一点表情。

退出病房，走到室外，一位刚做完透析的病友从我身边走过，他像从宇航器中出来，缓慢而沉重地迈着不稳的步子走出医院。深圳三月的空气竟然还带着点寒意，我内心有些发紧，思绪停留在那些毫无表情的面孔上。他们每隔一天就要回来接受血液透析，那是他们与这个世界保持的最短距离，以及最牢固的关系，不能间断的续命让他们看上去看不到希望。

多年的拍摄经历和思考实践让我意识到，这将是我专业生涯中又一个特殊的拍摄项目。

接下来的几个月，我开始了拍摄工作。我喜欢在一个阔大而安静的封闭场合里工作，而我的拍摄对象旁若无人地动起来，完全无视我的存在，这样我就能保持精神上的高度集中和专一。但拍摄他们显然做不到。我在透析室附近搭了个简易影棚，那是一个为孤独和脆弱的心灵建立的相对私密的安全空间，拍摄对象在透析后，走几步路，就能来摄影棚里休息一会儿。我小心地靠近他们，尝试着和他们聊天，什么都聊，以此营造一个尽可能安全和坦诚的人际空间，渐进地认识了这个特殊的群体，清晰了拍摄的基调。我们——我和几乎所有的拍摄对象，很快建立起一种敞开心扉和情感的奇特关系。

我想让我的拍摄能够赋予灵魂与人格上的特权，用最直接的镜头手段，截取他们最为诚实和坦率的肖像。

林晓辉

他是胡杨林艺术团的队长,他第一个走进摄影棚。

他刚下透析机,身体还有些不适,脸上却挂着略带羞涩的友善微笑。但我从他礼节性的表情上看出,他并不喜欢暴露在镜头下。我和他之前有过一些交流,陌生消除环节性已经过去,我俩相隔不到三米,四目凝视,像一对老友,寒暄过后,话题自然展开。

他 1974 年出生在揭阳,资深血液透析患者,2004 年发现患病,换了肾,因排异反应转为透析,至今已有 20 年病史。他过去做点生意,如今做不动了,没有什么收入。他妻子很贤惠,不过她也病了,比他病得还重,还坚持做手工,补贴家用。

我们谈到了疼痛、挣扎、恐惧、空虚、无助、屈服。他竟然出奇地平静,说到换肾排异,疼痛不堪,他年幼的孩子过来伸出小手使劲地帮他揉搓,他竟然露出温馨的笑容,好像这是他用疾病换来的礼物。

我们聊得不艰难,甚至可以说自如,但不知为什么,我心里非常难过。我有点纳闷,明明他已经很痛很苦了,为什么看不见他难过的样子?这期间摄影机一直在工作,我也不断按下快门,但那不是我要的内容。镜头中的他确实够坚强,有一种让人难以置信的克制,但我不要这样的他。

我意识到他在保护着什么,近二十年的病痛缠身,足以让他自觉培养出了一种坚韧的性格,它包裹住了他的内心。我建议休息一下,长舒一口气,走到室外。

我和欧文·佩恩[①]认识的不同在于,我不认为

---

① 欧文·佩恩(1917—2009),美国摄影家。

"内心仅仅在外表看起来明显时才可被记录",我清楚这一次的拍摄对象可能拥有不止一个强烈的外表,但我相信他们的内心只有一个,观察到它们并且把它们留在图片上,则是我要做的工作。

当我们继续的时候,我直接问了他一个问题:"病了这么多年,作为父母的儿子、妻子的丈夫、女儿的父亲,你有没有什么藏在你内心想对他们说的话?"

一阵长长的寂静,空气突然开始颤动,窒息般的抽泣声包裹着他听不清的话。他哭了,哭得非常伤心。二十年的委屈、自责从未有机会释放,对父母尽不了孝,对儿女无力继续负担学业的亏欠,对已患绝症还坚持做手工维持家用的妻子的无助……我隐身在相机后面,盯着监视器,他的脸庞充满了画面,像是被雨淋湿的大地。我连续按下快门。

那天我们聊了很久。记得他最后说:"今晚要牵着太太的手出门走走。"

我问为什么。他说:"我很怕再也牵不到她的手了。"

我让他形容一下那是一种什么情景。他回答:"漫步在无人的小路上,期盼能与神迎面邂逅,哪怕一个瞬间,我会请神保佑,立即摘除太太身上的病魔。"

也许是拍摄工作的第一天,我情绪高度紧张,陷入深度疲劳,那天晚上回到家,片子没导就窝进沙发狠狠地睡了一觉。

几天后我听说,那天晚上,他带妻子出门散步了。我停下手中的拍摄工作,想象那个场面:他回到家,对在灯下做手工的妻子说:"老婆,别做了,我带你出去走走。"他妻子诧异地停下来抬头看他,看他把他的手,隔着老远伸过来,伸向她,她像被神召唤,也伸出了她的手……

黄育旺

　　第一次见到他是在透析室外的门厅，印象很特别，他对来探望透友的 D 老师，用廉江闽语朗诵李白的诗《将进酒》，声音洪亮，韵味十足，完全看不出是一位患者。后来知道，55 岁的他过去是个客车司机，患病后失去了工作，不过他和林晓辉，以及团里多数透友一样，仍然会做一些事情——他们都是深圳市的志愿者，常常在街头、在地铁站为别人服务。

　　我开始为他拍摄，他特别友善，脸上总是挂着礼节性的微笑，像老朋友一样看着我。我们一边拍一边聊天。我有点犯难，不想一上来就问他病了多久，因为从他的脸上，我感受到更多的是一种淡定，一种正常人那样的自如，我不忍戳穿那层铠甲。

　　我尝试着表达对病患群体普遍的内心疑问，和生活中可能带来的变化，我想了解这个病究竟给他带来了怎样的痛苦。我和我的相机在水平线上，这样他的目光也紧盯着镜头。他慢慢收起脸上的笑容，开始回忆，眼神里渐渐凝聚着清晰的焦点，现在，他进入了我想要的状态。

　　他打开话匣子，说起五年来他患病前后发生的一切变化和几次病危抢救，说起他无数次体会到强烈的求生欲望。当家人被拦在抢救室门外，更加剧了他浑身摸不着痛点的剧烈疼痛，像从胸腔里扯出心脏，撕心的哀号中，医护人员拼命摁住他挥动的手脚，虚幻中的他不知道自己是死了还是活着，生命的门槛就在眼前，家人就隔着抢救室大门，却总是抓不住。

　　我感受到了他在面对死亡时浑身在发抖，恐惧和求生的渴望让他难过到了极点，他的脸一下子憋得很红，眼睛里布满血丝，猛然抽泣着，转过身去浑身颤抖，大口大口地喘着粗气。我突然有点害怕，下意识地盯了一下摄影棚门口,杨团长和小黄护师这会儿就在门外。

他平静过来,说:"我想放弃了,太难坚持了,走了一了百了。"

我说:"不是没有放弃,现在好好的嘛。"

他说:"我实在放不下家人。"

他的家庭不算富裕,但很和睦。我为他们一家人拍了合影。取景框中,每个人的眼神里都流露着自然的温情,没有悲悯的情绪,亲情就像沙发上的大靠枕,一家人依偎在一起,充满慰藉。我想起他说过的另一句话,亲情的温暖也可以续命。我按下快门,拍下那个动人的续命瞬间。

江水平

她47岁,身材高挑,在湖南醴陵老家是一位幼教老师,孩子王一样的生活让青春时期的她保持着相当长久的烂漫天真。2000年她来到深圳打工,工作非常努力,没想到8年后,病魔悄悄找上了她。她失去了工作,投医,换肾,排异,透析续命,如今已经是第16个年头。这些年她靠着老公的收入抚养带大了孩子,然后就是全身心地、顺从一切地配合治疗。她说这就是她的全部生活,她生命的一切。

她走进摄影棚,是准备来拍漂亮照片的,一身红色的长袖连衣裙,长长的头发梳得顺顺直直的,透析患者最常见的暗灰肤色上,她化了淡妆,涂了玫红色的口红,显得精神很亢奋。面对镜头,她像一个特别喜欢拍照的少女,摆出各种可爱的笑容。其实我并不需要她那么做,如果可能,我希望拍摄她清晰的生命,以及不加修饰的内心,没有什么比它们更能表达她的生命张力。不过受她的感染,我愉快地抓起相机,迎上了她的笑脸。

一阵拍摄后，我对她说："把你的袖口撩上去，让我看看你的瘘（透析者手臂上特有的动静脉瘘）。"她立马撩起长袖，大方地露出手臂上隆起的瘘，笑着对我说："你看，刚下机的止血绷带压痕还在呢。"我死死盯着她手臂上扭曲隆起的瘘痕，冲着她说："你都这样了，怎么还能笑得出来？"

坐定下来，我调整着相机和收音的参数，纠正她在电视上学来的采访腔，告诉她，我希望我和她的聊天像朋友一样自在。我会说今天的妆整体还不错，就是眉毛稍微画重了点，还好，肤色还在，这是我最想要的。

她的内心好简单，好单纯，老公常年在外地工作，他们的感情非常好。刚患病时，她的头发大把大把地脱落，她说："我拾起头发再扎成辫子，缝在帽子里戴在头上。我很喜欢自己的长发，我不想让自己看起来像个病人。"

她那么说，我才知道为何她会长发飘逸地走进摄影棚。她是在为自己、为所爱的人活得美丽。透析，是她今后必须习惯的规律生活，除此之外，就是保持微笑、保持漂亮、保持长发。

黄光争

他是我这次拍摄对象中年龄最小的一个，父母离异，他从小跟着奶奶长大，19岁独自来到深圳，做过很多职业，22岁发现患病，透析三年，如今26岁。

第一次见到他是在胡杨林艺术团周日活动现场，大家唱啊跳啊，快乐地宣泄，我远远瞥见，他避开人群，独自一人坐在角落里，年轻稚嫩的脸上布满青春痘，眼神里没有聚焦，瘦瘦的身体显得十分单薄。南方的早春，天气还有些凉，他裤脚很短，露出脚踝，光脚穿着人字拖鞋，一只脚点着地，不停地抖动着腿，显得有点不安。杨团长凑到我耳旁说，他能来就不错了，他已经在改变了。在此之前，杨团长曾经小心试探地问过他："你知道抑郁症和自闭症吗？"他说："我知道，但我不是，我就是不想说话。"

第二次见他是为了拍摄，他走进摄影棚，在镜头前坐下，显得很局促，眼神总不能与我对视。在他来之前，我设想过用戏剧化的场景和强烈的构图意识所产生的特殊视点来拍摄他，比如他忧伤的脸和胳膊上那个惊心动魄的瘘的关系，但我放弃了。他稚气未脱的单纯面孔后面，是一段一段被剪碎的记忆胶片，我决定等待，要么他找到自己，而我找到他，要么我们什么也不做。

我花了一点时间集中精神——是的，不是精力，是精神——观察他脸部质感下藏匿的生命。我小心地问他："病了以后，你的朋友圈都发生了哪些变化？"他说："差不多都没有了。"接着又说："他们都有自己的事，或者觉得这个病会传染吧，或者对你敬而远之吧。"他无奈地苦笑了一下。他老家在雷州半岛，自从病了之后，他再也没回过老家。我问："想奶奶吗？"他说："嗯，想，三年了，再也没回去见过奶奶。"我说："对镜头和奶奶说会儿话吧，用奶奶听得懂的雷州话。"

这时，他的眼神终于聚焦在了镜头上，在他说话前的几秒钟，我摁下了相机快门。他已经摇摇晃晃地从童年走进青春期，进入成年，对我来说，这张照片捕捉到了他最后的清白痕迹。我希望人们看到，他是时代脸孔中的一个，他们都是。

进入艺术团之前，他靠孤独养活自己。如今他生活在一个互相认同、鼓励和关照的大家庭中。眼下他正在学习视频剪辑,是艺术团的骨干,文学志愿者也为他找到一份电子编辑的工作,听说他打算把奶奶和妹妹从家乡接到深圳来,他来养活她们。这可是一个超级工程,不过,他做过质量助理工程师,知道这意味着什么。我心里想,如果他所在的大家庭能长时间坚持下去,他会慢慢汲取新的羊水,重新孕育一次,再次出现在崭新的地平线上。

王方园

如果不是身体疾患,37岁的她一定是曾经从事的金融行业里作风干练、能力超群的强者。她是内心特别强大、时刻情绪饱满的女孩,尽管已经不能正常从事职业工作和社会交往,但是内心向往的精神生活,仍然让她保持着绘画、跳舞、修养身心的习惯生活。

通常情况下,当我把现实转换成一个单一的平面空间时,我不需要小心地操纵那些可能被认为是最"讨人喜欢"的角度,只是希望提供一个诚实和脆弱的主题描绘,面对一种可能的窥视,目睹一些人们可能不知情的东西。她走进摄影棚时,我希望我的镜头能抓住她超凡脱俗的那一瞬,可她在取景框中出现的第一时间,我就放弃了主题,相信她的每一帧照片都是对的,不过是需要我去理解。

在我们的拍摄交流中,她自始至终都不肯流露出半点因为疾患带来的痛楚,反而表现出勇敢者对他者的一种最大的善意。她和人们生活在同一片天空下,但她过着自己独一无二的人生,自建法则,悲喜自度,即使别人看不见她,她也能看见别人——她仅有的一点积蓄里面,常年都有资助其他病患的固定额度。

我见过她跳舞。她的舞蹈美极了。可镜头里的她,因为长期维持性血液透析、继发性甲状旁腺功能穴进造成的骨代谢异常、逐渐形成的退缩人综合征、骨畸形和病理性骨折,身高明显缩短,原本俏丽的面庞在凹陷变形,身体瘦小得像一只猫,这样的她却清新直率,有一种与柔光共同纠缠和呼吸的律动的和谐与统一,还有一种被疾病和疾病综合征捆绑住,因而渴望造化者出现的隐隐力量,她凝视镜头的目光差不多直接击穿了取景框,我拍下了这个瞬间。

拍摄结束后,我缓缓地走到她面前,弯腰把她揽入怀中,抱着她,我说不出一句话。我想给她一个鼓励,反而是她鼓励了我。

她走了以后,我独自坐在相机旁,盯着灯光下没有人的背景,内心五味杂陈。面对这些明摆着的痛楚和苦难,我该如何来表达?我十分警惕自己的叙述会不会给拍摄对象带来不适,他们从来都没有对谁这样敞开自己,而我希望我的影像能和观众建立起绝对共鸣,就是在探寻某个群类生命进程和生命的把握,感受生命的力量,同时也告诫自己,珍惜眼前的一切。

黄春玉

她是个美丽的女人,细软的头发下摆轻微的波浪,加上温柔的说话音调,让人觉得她特别享受作为女人的生命。她让老公陪她来到摄影棚,我很高兴看到这样的场景,这让气氛一下变得很自在。我希望她的他也能上镜,他爽快地答应了。

她做过制衣厂缝纫,开过餐饮小店,夫妻俩从湖北老家辗转到温州和潮州,再定居深圳,艰辛和快乐都渗透在他们的生活里。眼下,他们靠着他开出租车支撑着全部家用,偶尔她也能做些手工调味酱,小范围卖卖,补贴家用。

她直视镜头,目光流露出坚强的优雅。她说:"人生的起点和终点都是一样，路途上的风景取决于自己用什么态度去欣赏，酸甜苦辣只不过是哪一个多点，哪一个少点。我的一生就是在不停的生死疼痛中频繁感知。"

她 12 岁患急性骨髓炎，还没有成形的大腿就被切开钻孔，腿上长长的撕裂疤痕是女人最深刻的痛。20 岁肾炎。肾炎发展到肾坏死。结婚后宫外孕。交通意外。煤气泄漏。她说："我是和死神见面最多的人。"斯言不虚，我不知道如果她站在迈克尔·斯托克斯①面前，他会不会吃惊，他会怎么拍她？

生命的脆弱让她内心变得强大，辛酸的生活到处都有，爱却是珍稀的存在。她说："我要好好活着的理由，就是给孩子、给老公一个完整的家。"

说到自己一生中频繁的生死感受，她内心没有波澜，但说到对孩子、对家庭的亏欠，她泪流满面，伤心地说："我给老公拖了后腿。"尽管有家人的理解和关爱，她还是常常内疚，她说："我经常笑着笑着就哭了。"

我看着取景框中的她，她的脸配得上最温暖的阳光。我希望她每一张片子都有一种呈现，让人们从她善良的灵魂和坚韧的力量中感受到点什么。

为她拍摄完后，我为他们夫妻拍了合影。我请他们用最想要的姿势，来拍这幅图片，他们笑了。看着他俩紧紧相拥在一起，在场的人都被感动了。

---

① 迈克尔·斯托克斯，美国摄影家，以拍摄受伤的退伍军人和男性形象照片而闻名。

张丽敏

她32岁,深圳原住民,父母离异,自小跟着妈妈长大。她有一个过去的时代。患病前她是一个极其快乐的人,对世界充满好奇和向往,特别喜欢旅行。用她的话说,一有空她就会往外跑,频率按一周时间算,国内国外去过很多地方。直到20岁那年,她发现自己患了肾病,她吓坏了,然后她开始消沉,把自己紧紧关闭起来,特别抵触治疗,又不得不来医院,透析完就匆匆回家,透友之间的互动交流她从来都是远远躲开。她不想任何人知道她在透析。

她走进摄影棚,自在地坐下,在镜头前表现得十分舒服,曾经自由的身体里有一种强烈的音乐节奏感和旋律感,柔和的面光加强了这种感觉。但我知道那不是她,她藏在那些音乐背后,我需要等待。不过,她天生神秘的表情吸引我的目光在她脸上逗留了几秒钟。她眼神里交织着强烈的理性与感性诉求的光泽,我有一种感觉,她是精神分析师和梦境研究者喜欢的对象。

果然,我们开始拍摄后,她很快意识到将要面临的话题,咬着牙关,紧抿着嘴唇,她在努力地克制自己。我判断她可能从来没有敞开过心扉——透析意味着她和她快乐的过去彻底告别,她因此变得脆弱、敏感,家人的关怀让她特别自责和内疚,这个时间只过去了三年,她还来不及把憋在心里的扭曲自我倾诉出来。于是我和她聊天,直到她渐渐陷入沉思状态,我的意念让我按下了快门。

说到她患病后,她的男友执意要和她结婚,以便照顾她一生,她的眼泪夺眶而出,哭得很伤心。她说:"如果不是遇到了我,他可能会遇到更好的女孩子,我好幸运我遇到他,但是他好不幸遇到了我,直到今天我都还觉得，我很对不起他。"

她打开了自己，虽然从紧闭的内心里跑出来的那个她像个孩子一般地哭诉，但那就是真实的她。

也就是我们拍摄完不久的一个周日，在胡杨林艺术团手牵手唱歌跳舞的透友中，我看见了她的身影。她也看见了我，高兴地跑来，告诉我："我老公和我妈妈特别开心我走出来了。"我高兴地说："是啊，我也特别开心你走出来。"我心里的话是：继续走啊，走得远远的，别停下。

邓芷仪

她是个漂亮的农村女孩，浑身充满动感，行动敏捷，对她的拍摄我略微调小了一挡光圈，我想让焦点范围再深入点，持续的光源能够即刻感受到和不经意地拍到，f5.6的光圈让视线能集中在我希望留意的焦点层面，1/250的快门速度足以抓住微妙情绪的瞬间。

拍摄开始，我站在摄像机后面，我们交谈着，我在她脸上看见了昔日的成长、学习、爱情、工作和创造，那些经历在某个时间点突然断裂了，我不知道那是什么，但我连续摁下了快门，拍下了那个时刻。

后来我才知道，她很早来到深圳打工，简单的世界让她的工作生活充满快乐，城里的一切都是那么美好，哪怕一间简陋的出租房都让她觉得好幸福，直到有一天，菜场一位阿姨要将自己的侄儿介绍给她做对象，她才意识到成人的世界开始了。

结婚第二年，丈夫因肝癌病故，刚满周岁的孩子和婆婆成了她全部的责任。工作的强度、生活的压力让她疲倦不堪，仅仅两年时间，透支的身体重重地倒下。她被诊断出肺部重度感染和肾脏功能衰竭，短时间的治疗花光了所有积蓄，希望渺茫，万念俱灰。她开始给自己预备后事,将孩子和婆婆送回夫家,摘下戒指和项链,连同银行卡密码一起交给亡夫的姐姐,拜托她拉扯孩子长大。

再要踏进的医院,可能就是生命的终点,她鼓起最后的一点勇气,要和她留恋的世界做一个告别。她请朋友开车带着她最后再看看大海,看看路边的木棉花,看看天空的云朵。看着车来人往的街道,妈妈牵着孩子的小手跑进人群,她内心难受到了极点,泪水注满了眼眶,死死盯着车窗外每一处闪烁的细节。她说:"我真的好舍不得离开这个世界,世界好美,木棉花好美。"

睁开眼,医生告诉她:"你的肺保住了,但肾功能永远丧失了,血液透析是你唯一活命的可能。"这才几年的成人世界,她尝尽了摧残,而且痛苦将一直折磨下去。她点了点头,开始了第二次生命。过去的8年,65万毫升鲜血从她身体里抽出,经过滤毒再回到她身体里,而除了在医院抢救的时间,她的每一分钟都在乐观地工作和饱满地生活。

人类对生命的了解其实远远不够充分,《最好的告别》一书的作者阿图·葛文德说:"救治失败并不是医学的无能,而是对生命进程的尊重。"我能证明这句话的意义,因为后来我给她拍摄了一组户外照片,我让她在丛林中不管不顾地奔跑,她迎着镜头笑着跑来,我突然感到,她优美的奔跑姿势不正是阿图·葛文德所说的那个"人们无法回避的问题"——优雅地跨越生命吗?

石丹彤

  一开始拍摄，她内心有抵触，有意躲闪镜头，眼神放空，飘向四壁，保持着一种无可奈何的矜持，那种受了天大委屈、要顽固地保持闭嘴的神情。有一阵，摄影棚里很安静，我俩都没有说话。拍摄前我和每位拍摄对象做过约定，他们愿意拍摄我才拍，不愿意不勉强，所以走进摄影棚的，都是愿意拍摄的，所以我不急。我知道每个人都有灵魂乍现的时刻，她在与她生命中的一些重要现场相对，而我在等待抓住那些瞬间。

  她1984年出生在九江，家里排行最小，上面有两个哥哥，被父母视为掌上明珠，让她觉得全世界都在保护她。大学毕业后，她当上了制程技术员，结了婚，怀上孩子，生活那朵花就这样如期开放了。没想到，孩子一出生，还在襁褓中，她就被诊断出肾脏功能衰竭以及并发症，喂养孩子的同时还要治病，还要努力出门工作，治疗让她入不敷出，夫家脸色变了，冷眼、嘲讽、责怪、嫌弃令她痛上加痛，曾经活泼和随和的她变得忧心、憔悴和虚弱不堪。患病第三年，她被夫家赶出了家门，连孩子的探视都变得十分艰难，她因此而垮掉，幸亏年迈的妈妈从老家赶过来，支撑她破碎的生活和心情。

  她说："刚刚读书出来参加工作，人生还没有完全打开，就被判了死亡。"

  透析15年，前3年她一直处在绝望和痛苦之中，像一个赌气的婴儿，吃喝拉撒睡任由母亲照料，多数时候噤声无语，随时随地都能哭上一场。然后是对孩子日日夜夜的无尽思念，她被告知不能再见孩子了。有些疼痛不完全是身体上的，"亲情"有的时候也会有灵魂受难的意思。

参加了肾友互助中心艺术团活动后，她渐渐看清了镜子里的自己，看着妈妈，开始心生怜爱，振作起来的念头从此萌发，随着对艺术团活动和做义工的积极参与，越来越强的内心已经变得结实了。也就是在这个时候，她写下了那首让很多人感动的《过冬了》。

透过镜头我发现，人的脆弱性有时是被放大了。从她的这组肖像里，我看到了一种深层次的内心迁移，那是一个充满挑战和迫切重建的时刻，我记录下了它。

黎平华

我有好几次在透析室外的大厅碰见她，她看上去特别柔弱，因为长期肾疾和透析，面部浮肿，皮肤干燥，但一点都没有影响她笑起来的美丽。每次看见她，她都腼腆地微笑着回复我的招呼，然后自然地去更衣室换上病号服，抱着自己的被褥从容地走进透析室，找一个角落的透析机旁的病床，在那里躺下。护士过来开机自检，准备穿刺针和止血带，安装血透管，启动血泵预冲，排净管路和血室里的气体，加肝素及连接。她熟练地协助护士，和护士聊着天……然后就是4个小时的血透，全身的血反复数次从体内泵出，再回到体内。

我有几次匿身在角落里，用长焦追踪她。她把手机架在病床边，读手机里的文章，不知读到什么，嘴角漾起一丝美丽的笑意。她是我镜头中笑得最多的人之一，我很想知道她为什么笑。

她1979年出生在江西，初中毕业，做过仓管员、外贸销售。她汉字写得很漂亮，能用英语日常会话，和多数幸福的女孩一样，她遭遇到自己的爱情，看上去一切都很美好。

27岁时，她要做妈妈了，没想到产检查出肾病，腹中6个多月的胎儿没有了胎音，像叶芽般死于青翠，被风吹走。作为女人，她再也没有了生育的权利。

她来摄影棚是无声地来，走也是无声地走，没有任何动静，但她是一个非常好的交流对象，我们聊得轻松自然。

我不知道她是怎么熬过来的，镜头里的她，看上去不再悲伤，而是在努力活着。16年的透析，早已磨炼出了她平和的心态，隔一天来医院透析一次，年复一年，她就那么从青年走进中年。

我问她："你很爱笑，为什么？"

她笑一下，没有正面回答我，而是说了下面这段话：

"我现在做一份自由职业，和社会不脱节，还能帮助别人，受到别人的感谢时，自己内心特别自豪。"

我想起来了，资料里说，她在做义工，每周一、三、五在人民法院，帮助需要法律援助的人整理和填写资料，积累了1700多个小时的服务时间。

还有，她在诗里写道，她希望做一把万能钥匙。

冯光亮

柔光灯下，她双手叠放在一起，撑着头静静地坐着，盯着我调整相机，她先到了。我不确定她的脸庞是不是浮肿，浅灰色透明的眼镜架在她的脸上，显得尺寸有点小；紧闭的嘴唇，让她看上去内心很坚定。我问："发现病的开始，有没有觉得问题很严重？"她说："我以前的生活作息都很规律，根本不相信会很严重，以为吃药和调理就可以慢慢恢复，结果透析了9年，让我再也回不到从前。"光亮是个特别理性的人，她举止沉稳，说话深思熟虑。口音中还略带湖北黄冈的尾音。我本想着挑起一些她生病前的快乐记忆，但她倒是觉得是病了之后儿子的陪伴时光让她最快乐。儿子出生不久，也是她病患的开始，她说："孩子在上幼儿园的时候，就表现得尤其成熟懂事，一家人的相互陪伴，让时间过得很快。"病痛在这种家庭的温暖中，显得弱小了许多。小学四年级，孩子第一次学做的咖喱鸡饭，让光亮含着泪、笑着一口气吃了个精光。公交车地铁上小手攥着妈妈的手，歪头靠在妈妈身上表示关切，一家三口，老公和孩子给足的关爱让光亮十分温暖，透析9年，内心愉悦占了大部分的时光。眼下，孩子是她的骄傲，也是她全部的希望。初中了，超过一米八的健壮身躯成了她随时可以依偎的支撑，每周二、四、六的透析，没有让她觉得有太难。

在和她的交谈拍摄中，她大部分时间是在谈论儿子，那种满足和那种发自内心的骄傲，都被我捕捉到了，不论你外表如何，由衷的笑脸真的很美！当然，我也拍到了她因身体的磨难而流出的眼泪。

刚拍摄完，她急匆匆起身要走，我让她休息一下。她说："今天出来的时间有点长了，一会儿儿子肯定要来电话问我到哪里了。"

景雅林

他是诗集中年龄最大、学历最高的作者，虚岁70，硕士学历，之前在一所大学教书，几十年来走遍了世界各地。

我是在病房里见到他的。他容貌俊朗，冷傲孤立的面庞上铺满泛白的胡须，因为糖尿病导致肾功能坏死，状态憔悴地躺在病床上。他让我想到曾经的经验，利用放大与脸部特写方式做不自然的透视，那会获得让人震惊的图片。不过我没那么做。

他骨子里充满了文人气质，标准的北京口音，吐字非常清晰,慢悠悠地分享着在世界各地的见闻趣事。他是法语翻译,会好几国语言,欧洲是他年轻时常去的地方,他尤其喜欢巴黎,特别钟爱法国的浪漫主义爱情诗文,随口就用法语来了一段法国超现实主义诗人纪尧姆·阿波利奈尔著名的诗《米拉波桥》,轻柔悠扬的法语诵读非常好听。这首诗是诗人和后来的著名现代派画家玛丽·罗朗森相恋后分手时写下的:"塞纳河在米拉波桥下流逝/我们的爱情/还要记起吗?"他说它就像中国的古诗文一样,在法国家喻户晓。我们聊了很久,他仍意犹未尽。透析两年了,他还觉得两年前在北京的皇家园林漫步就像在昨天,眼下的医院和病床还让他处在恍惚之中。我没有揭穿他,我读到过他在诗歌群里送给一位年轻诗友的诗,他赞美她的美丽气质。

  他要求参加艺术团的活动,他的病较重,他的主治医生不让,担心出事。后来他坚持,透友们鼓励,杨团长做工作,他终于如愿以偿。那天他慎重地收拾了一番,穿着版式出挑的旧西装,配着白色的羊绒围巾,用法语朗诵了一首诗歌,赢来透友们热烈的掌声。他脸部质地好,表情生动,目光如炬,拍他一点也不困难。我在取景框中看到他专注地投出一瞥。我按下快门。那一刻,他脑门上一抹高光烈焰冲天,那个瞬间被定格在水和岩石之间。

  我确信真实的肖像就是优秀的肖像,它们背后有一首伟大的诗歌。下次我见到他,我会用中文为他朗诵《米拉波桥》中我喜欢的那一段:

爱情在消亡

而人生却是漫长

人的希望更是又烈又强

秦毅

第一次见到他时，觉得他身上有一种用不完的热情和干劲。他身体并不强壮，17年的肾病让他和其他透友一样，脸色灰暗，略带浮肿。但他总也闲不住，无论什么事情他都要上手帮一把，大家在活动室又蹦又跳时，他笑眯眯地坐在一旁欣赏，等那个保留节目《和你一样》开始时，他连忙站起来，掰开同伴的手环，将自己带进去，唱着歌和大伙一起转圈。

他是一个懂得出现和隐身的人，在活动室里我拍他不多，和他在摄影棚里聊天，我才知道他有多么了不起。他是重庆忠县人，和许多进城打工的人一样，他特别拼命地做着每一份工作，而且每一份工作都做得非常出色，好几个行业工种都做到了主管的位置，透支的身体也没能让他松懈下来。更加让人意想不到的是，他还通过自学，考取了工商企业管理专业的大专文凭，并且加入了他热爱的组织。

患病后，因为不断失去稳定的工作，他出色的劳动者身份受到挑战。但这没有难住他，失去了原来的工作他就去找新的工作，目前他做着一份夜班工，这样白天透析，不会影响到夜里上班。他这还不满足，患病第二年，他又加入城市义工联队伍中，组织、领导义工团队，服务时间超过了5800个小时，获得了深圳市"五星级义工""深圳市百优义工"等荣誉称号。

我问他，是不是特别喜欢工作？

他回答："是，充实的工作会让我精神饱满，尤其是做义工，让我的心态特别坚定，对工作、对配合治疗都有帮助，愉悦的心情，有时让我都忘了自己是患者的身份。"

林新丰

老林不是这部诗集的作者。他没有写诗，我给他拍过照片，我想把他记录在这里。

第一次见老林是在透析室里，他拉住我，主动要求想和陪伴他的太太合张影，我立刻把镜头对准了他。镜头里，老林高兴地伸出手臂，揽住太太的肩膀，没等他俩摆好姿势，趁着兴奋的情绪，我快速抓拍了好几张。

这一天是 2024 年的端午节。

老林来摄影棚是摸着门框被人搀扶进来的，因为疾患他弱视很严重。我关切地问，拍摄的灯光会不会不舒服？他说"不会的，就是看不清你"。我们聊了一些他以前从事的邮政工作，这让退休多年的他一下子来了兴致，寄信报平安、送思念，明信片上写情话，排长队打长途电话，平汇、电汇给家人寄钱……我们的聊天恍如隔世。在说到这辈子做过的最开心的事时，他嘿嘿笑出声说："最开心的是我的两个儿子很争气，很听话，都是本科毕业，有了不错的工作。"这么说的时候，老林明显声音都高了许多，也让我拍到了他难得的喜悦神情。

就在我整理拍摄手记的时候，医院来电话，老林再次心梗，还是走了。

一周前，在胡杨林艺术团周日活动的现场，小黄护师发现坐在一旁的老林神态异常，便上前俯身询问，老林表示不舒服，不一会儿身子就歪倒向一边，小黄护师立刻呼救，第一时间把老林的身子平缓放倒，实施心肺复苏胸外按压。医护人员很快赶到，迅速把老林送上救护车。当晚老林苏醒，大家都说是奇迹，要是在别的地方，很可能就救不过来了。

不想一周后老林再次突发心梗，最终没有抢救过来。

年轻时我就确信一件事,我每次按下快门,记录下来的都是一次生与死的精神闪现。这次也是。这部诗集收录了两位已经离开的透析患者的诗,很遗憾,我没有为她们拍过照。

我会尽量让图片和视频保持一个视角,在我摁下录制键的同时,我们的谈话也是保持着手端相机,我希望谈话中能让拍摄对象习惯或者尽可能忽略相机的快门声,这种状态让彼此的交流形成了由衷的诚恳和轻松。

回看和老林的对话,看着他搂着太太的笑容,拍摄让我感受到了生死的跨越,我一下还解读不了太多,此刻内心就是苦涩无比。用爱德华·韦斯顿[①]的话说,不是我在拍摄他们,是他们用和我相处的几个小时,校准我的焦点。

回头我会把老林的视频和图片整理出来,寄给他两个争气、听话的孩子,他们应该知道,在父亲的心目中,他们是他最值得骄傲和自豪的,那是他最后的记忆。

上面这些透友并非我全部的拍摄对象,在这个特殊群体中工作了几个月,我拍摄了大量视频和图片,每个人都留下了拍摄记录。我和他们中间很多人成了朋友,时间紧,来不及一一整理,我会在接下来的工作中完成全部素材的整理。

选择这个特殊的异姓大家庭做镜头研究对象,对我是一次奇特的体验,它远远超过了职业行为的收获。

---

① 爱德华·韦斯顿(1886—1958),美国摄影家。

我之前不熟悉透友的生活，但我从他们脸上看到一种相同的经历，那不是他们生命的原型，却是人类重要的生命记号，是时代精神中某个重要元素的原型。从这一点说，他们不只是个人，而且是一个族群生命的体现，甚至是人类某种哲学命运。

我拍摄用了两个机位，Nikon Z7 II +105mm 微距镜头拍摄视频和 ZOOM H5 做收音，另一台 Nikon D5+70-200mm 镜头，是我手持拍摄图片用的。我始终认为，在视觉艺术中，尤其是肖像摄影中讨论"人的本来面目"是一个困难话题，社会际遇会让人们深深遮掩"本来面目"，这是影像技术的障碍，但也是影像观念化蛹为蝶的那场春雨，而我穿越了这场春雨。

每个周日，是艺术团绝对平等的时刻，他们打八段锦、诵读诗文、欢快地唱歌、手拉手跳舞……艺术团杨团长过去是麻醉科医生，他像一个快乐的传教士，以医生的职业角度和幽默爽朗的热情，带领他们，哄他们开心，努力实施着临床外的健康修复、心灵滋养和心理疏解。小黄护士则像透友们的姐妹，默默地承担起团里无数杂务，成为团里受人敬重的管家。

文学志愿者团队到来后，艺术团成立了诗歌创作群。这些绝大部分文化程度不高、过去从来没有写过诗，甚至没有想过自己会写诗的肾病患友，在文学志愿者的帮助下，开始用诗的语言抒发自己。他们找到了真实和优雅的语言表达，这令他们兴致盎然，他们用自己的文字取悦自己、鼓舞自己，像是用美声唱了一曲家乡小调。能不能说这也是一个文学景观，或者就是他们渴望的心理世界的、脆弱的平衡？在这里，他们对生死和命运都很敏感，因为彼此相似的病痛感受，让他们能相互宽慰，相互取暖。生命是脆弱的，也可以是坚韧的，而坚韧的意志是来自生命对他们的磨砺。因为病患，让他们的生命被赋予了坚韧的能量；

写诗、叙述的欲望，同样来自对生命本身的敬畏。

这种时刻一直会延续在他们自己的微信群，延续在每个人有限的生命中。把脆弱的心腾出来交给快乐。当你的微笑出现后，活着的意义就有着落了。

我特别迷恋爱德华·韦斯顿的影像作品，他将我们日常熟悉的植物，拍摄凝固成雕塑一般厚重结实，让我们对事物有一种不得不重新审视的念头。这一次，我使用了微距镜头，让彼此靠得很近，尽量短的景深，保证可视范围焦点细密清晰，皮肤上的折痕、毛孔、斑痕和胡楂儿以及由体温带出来的热气和油光，所有强有力的肌理都指向你身体的每一个方向。厚重的质感刺激视觉神经，希望确保我看到的，在屏幕上能被触摸到，增强我对感受到的情绪的延伸表达，这也是我一直以来探索平面影像的视觉实践。几乎每一次的拍摄我都能收获许多新的认知，面对拍摄对象活生生的呼吸和恐惧，不由得跟着他们一同呼吸，一起恐惧，我按动快门的手，随着他们的脉搏一起颤动。冷静的肖像，严肃的拍摄。我相信，拍摄可以呈现事实的重要性，让所见之物转化为所知所感之物。

为胡杨林艺术团透友们拍摄的肖像图片，构成了我的肖像系列重要实践的一部分，提供了当下特殊类群体的洞察，以及社会、医患之间的视觉背景和隐喻的表达。清晰的影像质感，希望能给人一种触觉、触摸的欲望，在这本诗集里，它们只会少量出现，而更多部分，将来会为我自己的《面孔》系列主题提供更多的探索素材。

莎士比亚的十四行诗里有这样一句："凝视着盲人所能见到的黑暗。"这首诗中的另一句是："这时候，我的思念就不辞遥远。"这两句诗代表了我此次志愿者工作的某种感受。一直以来，我的表达多是依赖于影像实践，观察和思考积累了我的生活历程，眼下我努力尝试理清思路，用客观的思绪和尽量新鲜的感触，希望做到影像与文字的相互滋养，同时也想为这些年的影像创作、为自己创造一个发声的机会。

　　希望我的意图能够在我的图片中被瞥见。

2024 年 8 月 21 日于深圳

诗是这样写出来的

支持单位
中共深圳市龙岗区横岗街道工作委员会
深圳市龙岗区横岗街道办事处